JN099703
Tsukishima & Sano
「僕たちは昨日まで死んでいた」

僕たちは昨日まで死んでいた

中原一也

キャラ文庫

この作品はフィクションです。
実在の人物・団体・事件などにはいっさい関係ありません。

目次

口絵・本文イラスト／笠井あゆみ

1

ああ、あの人は生きていない。

月島(つきしま)りくは、改装中の店内にいる若い男を見た瞬間にそう感じた。顎の先から滴る汗や引き締まった筋肉は生命力そのものだが、月島の目は誤魔化せない。いや、目ではない。鼻と言ったほうがいいだろう。

彼の芯から漂ってくる死の匂いから、見た目ほど生きる力に満ちていないとわかるのだ。諦めと絶望の香は、虚(むな)しさの旋律を奏でながら月島の嗅覚に訴えかけてくる。

男と目が合うと我に返り、凍らせてきたおしぼりや保冷剤、スポーツドリンクの入った袋を差し出した。

「お疲れ様です。見学ついでに差し入れ持ってきました」

「あー、どうもわざわざすんませんっ！　佐埜(さの)！　ほら、受け取れ」

汚れた作業服を着た年配の職人が、手をとめて道具を置く。佐埜と呼ばれた男は、鉄製の脚立(きゃたつ)から降りてきて月島の前に立った。

「ありがとうございます」

低いが、よく通る声。身長が一七六センチの月島だが、佐埜の目線はさらに上だ。軽く一八〇センチはあるだろうか。

「暑いから大変だろうと思って冷たいものを」

「そろそろ休憩時間だからありがてぇですよ。今年は異様な暑さだから。うぉ！　冷えたタオル！　ほ〜っ、ひゃっこくて生き返ります」

年配の男は日焼けしていて、寡黙な職人のイメージと違って愛嬌があった。若い佐埜のほうが無愛想だ。

「もう三時だ。佐埜、休憩するか。ほら、お前もタオルで冷やせ」

「いただきます」

「すみません、お仕事の邪魔して」

「いいんですよ。ちょうど休憩の時間でしたし、どこでも見てってください。自分の店ですからね。見に来たくなる気持ちはわかりますよ」

「じゃあ遠慮なく見学させてもらいます」

月島は養生された店内を見て回った。

歩くとコツ、と木の音がする飴色の床。モルタルを無造作に塗った凹凸のある壁は、時間という魔法がかかった建物のような風合いを出している。

カウンターはウォルナットを使用し、床と色味を合わせていた。ショットバーの雰囲気だが、落ち着いて食事ができるようスツールではなく、ゆったりしたサイズの椅子が入る予定だ。カウンターと逆の壁はボックス席で、こちらも広めに取ったテーブルとソファーが設置される予定になっている。

改装中の店内は、月島が思い描いていたものに近づいていた。

キッチンカーでのおにぎり販売から始まった『そらのテーブル』は、三年半前から居抜きで借りたこの店舗の営業に切り替えている。以来、ラーメン店の印象のままだったが、予約制の弁当配達や評判のつけ合わせをメインにしたケータリングにも手を伸ばしたおかげで客足は順調に伸び、予定より早く改装にこぎ着けた。

ずっと夢に描いていただけに完成が待ち遠しく、心が躍る。

それなのに、月島の関心はすぐ傍にいる佐埜という若い職人へと引き寄せられていた。

年齢は二十代半ばといったところだろうか。夏の盛りに降り注ぐ太陽のような強い眼差し。続く尾根のような鼻梁やえら骨の直線。唇が併せ持つ柔軟さと硬さ。その美しい造形には、ゆったりと移動する積乱雲のごとき壮大さすらあった。引き締まった躰には力が宿っている。にもかかわらず、漂う死の匂いは消せない。月島に何かを訴えてくる。

肉体から漲る力が行き場を失い、淀み、朽ち果てて彼の奥に沈殿しているようだ。

生きていない人を見ることは時々あった。幽霊という意味ではない。心が死んで何も感じない人、絶望を抱えた人、これから死を選ぼうとしている人の匂いがわかるのだ。

原因はおそらく月島の境遇にあるのだが、この逃れられない特殊な能力のおかげで、本来なら抱え込むことのない憂いとともに生きてきた。

意識せずにいられるなら、どんなに楽だろう。冷酷に切り捨てられたら、今ほど苦しくはなかった。他人など放っておけばいいと割り切る強さが欲しいと、鼻で嗤う冷たさを装ったこともあった。だが、所詮は格好だけで月島の性質がそれを許さない。

今も佐埜から意識を逸らそうと試みているが、消えない匂いに引き摺られている。

「何か気になることがあれば今のうちに言ってください」

「あ、いえ。理想どおりです」

「それはよかった。床材もいいもの使ってるから、やり甲斐がありますよ」

「値は張ったんですけど、歩いた時の音が気持ちいいからちょっと無理しました」

「最近は安い素材を使う店が多いから。それっぽくはなりますけど、本物は仕上がりが全然違います」

佐埜と目が合った。意志の強そうな視線に不釣り合いな不吉な匂い。

「こいつも本物の素材を扱えていい勉強になるし、楽しいですよ。なぁ！」

反論できない勢いで同意を求められると、彼は声のトーンを落としたまま「はーい、お仕事楽しいでーす」

あえての棒読みといった言いかたは、決して楽しそうには見えなかった。月島を代弁するように、年配の職人が言う。

「おめぇ、本当に楽しいのかぁ？」

「立場が上の人に『なぁ』って言われたらイエスって答えるしかないじゃないですか。そういうのパワハラに繋がるからやめたほうがいいですよ」

「なんだよ。じゃあ楽しくないってのか？」

「いや、楽しいですけど」

「楽しいんじゃねぇか！　ったく、面倒臭い奴だな」

年配の男の愛嬌に釣られて、クスッと笑う。

生きていない人間には、なるべく関わらないようにしてきた。月島自身、背負っているものが大きすぎて他人には構っていられない。それでも死の匂いは、張り巡らせた防壁をいとも簡単にすり抜けて月島にまで辿り着くことが度々あった。

そういう時は、よくない。

早々に立ち去ろうとするが、年配の職人に呼びとめられる。

「ところでここはおにぎり専門店なんですか？」

「あ、えっと……そ、そのつもりで始めたんですけど、メニューが増えちゃって。夜限定ですけど、五千円以上の注文なら配達もしてますし、ごく稀にケータリングも」

「ケータリング？　佐埜、おめぇ、知ってるか？」

「仕出し弁当のお洒落（しゃれ）なやつですよ。準備と片づけもするっていう」

説明が大雑把だ。月島の心の声がわかったらしく、こう続ける。

「この人に細かい説明しても無駄ですから」

「なんだとぉ」

不満げな声に、佐埜は汗の浮かんだ喉を上下させてスポーツドリンクを一気に半分ほど呷（あお）った。

「職人として尊敬してますけど、複雑な説明が苦手なのは本当じゃないですか。二次元コードからの登録、何回やってあげたと思ってんです？　娘さんに見放されてるくせに」

「に、苦手なんだよ。お前くらいしかやってくんねっから」

「スマホの設定も何回教えても覚えないし。わけわからんアプリ入れまくるのいい加減やめてくださいよ。この前も気づかないうちに課金されてて困ってたくせに」

「あ、あれはタダだと思ったんだよ。大体わかりにくいんだ、最近のスマホってのは」

「だったら触らなきゃいいじゃないですか。なんでそれができないんですか」

「興味あるんだからいいじゃねぇか。っんと、お前は口が悪ぃな」

淡々とした口ぶりの佐埜と年配の男が必死で反論するさまは、見ていて微笑（ほほえ）ましかった。

漂う死の匂いが際立つほどに。

「そうだ。そろそろセメントが足りなくなるな」

「運んどきます。無理するとまた腰痛めますよ。若くないんだから、しばらく休んでてください。あ、ごちそうさまでした。タオル、もう少しお借りします」

ずけずけと放たれる言葉の向こうに見えるのは、自分より体力の落ちた相手に対する優しさだ。押しつけがましくなく、相手への負担がない。

差し入れの飲み物を置いて立ちあがった佐埜は、トラックを店の前につけ、黙々と資材を運び始めた。

「あいつは無愛想だし口はすこぶる悪いけど、よく動くしよく覚えるんですよ」

「みたいですね」

「最近の若いもんは偉いと思いますよ。こんな不景気続きでも真面目に働いて。俺の若い頃なんかまだバブルの影響が残ってて、適当にやっても喰えたからなぁ」

そう言って、男はよっこらせっと立ちあがる。

「さてと、生き返ったし、俺ももうひと頑張りするか」

「じゃあ、よろしくお願いします。暑いですから無理なさらずに」

月島は二人に頭をさげて外に向かった。佐埜とすれ違った瞬間、また死の匂いが鼻を掠め、ゆっくりと振り返る。

残り香。

ほんのりと香る程度だったそれは、いつまでも消えない。強烈に漂うのではなく、微かに、だが、足元に貼りついた影のように切れずにいる。それだけに根深さを感じた。

必要以上に関わらないほうがいい。

好感の持てる人だけに、月島は自分に強く言い聞かせた。

死の匂いを嗅ぎ取れるようになったのは、いつからだろう。

月島は、それをどう表現したらいいか今もよくわからない。

青竹の匂いと、雨が降る直前の水分を蓄えた空気の匂い。それにラベンダーの微かな甘さが混ざった複雑な香りだ。

不快ではない。むしろ、心地いい爽やかさすら感じた。けれども、そんな匂いが鼻孔をくすぐるたびに、月島は他人の死に遭遇してきた。はじめは偶然かと思ったが、幾度となく経験しているうちに決して気のせいではないと確信した。

甘く、魅力ある香りだからこそ、子供だった月島は湿り気を帯びた恐怖で身動きができなくなったものだ。

はじめに気づいたのは、母といる時だった。月島の家族にとって悲劇的な事故が起きて一年ほどが経ってからで、彼女はまだ立ち直れず入退院を繰り返していた。家族の間にも、大事なパーツを失ったまま無理やり動かしている機械のような歪(ゆが)みがあった。それは絶え間なくキィキィと嫌な音を立てていて落ち着かない。

「ねぇ、お父さん。お母さんから変な匂いがする」

「変な匂い？」

「うん、お祖母(ばあ)ちゃんのお墓に行った時の匂い」

「墓？」

「近くに竹がいっぱい生えてるでしょ？　あの匂いに似てる。それから雨と……花の匂いもした」

「りく。そんな変なことを言うもんじゃない。母さんは病気なんだぞ。余計な心配をかけさせるもんじゃない」

「でも……」

「黙りなさい！」

　父親に何度か訴えたがそんな匂いはしないと言われ、おかしなことを口にするなと叱られた。以来、それについて触れなくなった。しかし、さらに一年半ほど経った中学一年の八月。月島はそれが確かに存在すると確信することになる。自分だけがその匂いを察知できるのだと。

　その日は夏休み最後の月曜日で部活も休みだった。病院に母の見舞いに行こうと自転車を漕(こ)いでいる時で、男子高生とすれ違った瞬間、あの匂いに気づいた。

まただ。

自転車を停めて振り返ると、他には誰もいない。男子高生の背中が見えるだけだ。その日は朝から日差しが強く、白いシャツが眩しくて目を細めた。光の中に溶けていきそうな背中だと思ったのは匂いのせいなのか、それとも溢れる光によるものなのか。

ついていった。母と同じ匂いを漂わせながら歩く彼を遠くから眺める。

どうしてそんな匂いをさせているのか、知りたかった。子供心に日常的に嗅ぐ匂いとは違うと感じていたのかもしれない。

匂いのもとはなんだろう。なぜ、自分だけがそれを察知できるのだろう。原因がわかれば、母の病気も治るかもしれない。母は病気だからあの匂いを漂わせているのではなく、あの匂いにつきまとわれているから病気になったのかもしれない。そんな推測を立てて縋りつくように彼を追った。

緊張で胸がトクトクと鳴っている。

しかし、男子高生は駅の改札を潜って雑踏に消えた。匂いを辿れば追いかけられないことはないが、月島は財布を家に忘れていた。せっかく謎が解けると、母の病気を治せるかと思ったのに、落胆しながらもと来た道を自転車を押しながら歩いていく。午前中とは思えない日差しが、うなじを焼いていた。

その時、ものすごい悲鳴が聞こえた。人のものと、電車の急ブレーキ。駅が騒然としていて、何か大変なことが起きたとわかる。

踏切を塞ぐように電車が停まっていた。身を乗り出してホームを見る人々。もう一度改札に向かうと、アナウンスが流れた。事故。続いて、雑踏から声が聞こえる。

「人身事故よ。男子高生が飛び込んだみたい」

さっきの人だ。

全身の血が足元へ落ちていって、地面に吸い込まれていくようだった。強い日差しの中、自分の周りだけが急速に冷えていく。

月島は確信した。あの匂いを漂わせていた人が自ら死を選んだのだ。

休み明け。月曜日の朝。時々起きる人身事故がどんなものなのか、月島はあまり考えてこなかった。父親が人身事故で電車が停まったと言って帰りが遅くなるのも、気にしていなかった。電車の事故。ただ、それだけだった。

しかしこの日、それが持つ意味を知り、母が纏(まと)う匂いがなんなのか理解し、自分では駄目だと思うようになった。

病気の母に必要なのは、自分ではないのだと。

そらお兄ちゃん。

大好きだった人を思いだし、自転車のハンドルを強く握る。買い換える予定だったそれはいまだ使い続けていて、錆(さび)が浮かんでいた。美しかった想(おも)い出が悲しみのヴェールで覆われてしまったように、それもまたピカピカだった車体に病巣のごとく広がっている。

七つも歳の離れた優しい兄。

記憶の中の彼は、いつも笑顔だった。物知りで、聞くといつも笑顔で答えてくれた。兄が生きていた頃に戻りたい。事故のあった朝からやり直せたら、どんなにいいか。

お母さんも、そらお兄ちゃんのところに行きたいの？

強い日差しの中で、雑踏が霞んで見えた。

美味しそうに食べる人の姿は、見ている者をも幸せにする。

月島は手を動かしながら客席にチラリと視線を遣った。カウンター席の若いサラリーマンが、おにぎりを頬張っている。

人気のおにぎりセットは、八種類の中から好きな具材を選べるようにしていた。どんぶりに入った具だくさんの豚汁と二種類の小鉢がついていて、値段に応じておにぎりの数を増やせる。定番の焼き鮭や梅干し、昆布の中から一つ選び、残りは変わり種を注文する客が多かった。特にスモークサーモン&パクチーの具材は人気で、いつも一番に売り切れる。小鉢にちょっとめずらしいものをと思い、ロールキャベツやペリメニ、サモサなど、遊び心を取り入れたのも好評だ。

「りくちゃん。またタウン誌の取材断ったんだって？」

「はい。一人でやってるからお客さんが急に増えても対応できないですし」

「なんだよもったいねぇなぁ。改装して金使ったんだから、どーんと稼ぎゃいいのに」

常連客のトミがクリームチーズ&おかかのおにぎりを頰張っていた。はじめはご飯にチーズなんて邪道だと言っておきながら、今では三日に一度は食べに来るほどのはまりようだ。六十過ぎで、近くで電器店を営んでいる。開店初日の朝一番に来てくれたのもこの男で、好奇心が強い。

「地道にコツコツやります。キャパを超えるとクオリティがさがるから」

「確かになぁ。この味は絶対保ってほしいよ」

「トミさんたち常連さんのおかげでやっていけてます。あ、いらっしゃいませ」

入ってきたのは、三十過ぎの化粧気のない女性だ。近所の喫茶店でパートをしている加世子(かよこ)は、見た目からは想像できない量を食べる。

「イケメン見ながらおにぎり食べに来たわよ〜」

写真館に見本として月島のポートレートが飾られるようになってから、彼女にはそんなふうに言われるようになった。常連の店主の頼みとあって承諾したが、さすがプロのカメラマンだという写りで、三割増しくらいにはイイ男に写してもらった。光の当たり具合のおかげか切れ長の奥二重は涼しげに、鼻筋も実際より通って見える。口角のあがった唇は、見ようによってはふっくら見えがちなそれを知的に演出していた。

瞬間的にはこんな顔をするのかもしれないが、一番いい顔を切り取られた者としては、実物に落胆されるだけであまり歓迎できない。

「イケメンならマスターのほうがイイ男でしょう」

「あ、駄目駄目。クールすぎて人間とは思えない。私は笑わないイケメンより、りくちゃんみたいな愛想のいい庶民派イケメンがいいの。笑った時にくしゃっと目尻に皺が寄るのがね、愛嬌があっていいわ」

思わず笑った。照れ臭いが、褒められるのは嫌ではない。

トミの隣に座ると、彼女はメニューを開いた。顔がくっつくほど近づける。

「私おにぎり四個セットね〜。具はね、昆布と梅干し、あとスモークサーモンのやつと……なんにしよう」

「クリームチーズだろ」

「それもいいけど、ん〜、今日は鯵&バジルソースにする」

「かしこまりました。いつもありがとうございます」

手袋をし、ふわっとおにぎりを四個にぎってから、どんぶりに豚汁をついでつけ合わせの小鉢をトレイに並べる。

自分が作った料理を食べて他人が元気を出すのを見るのが好きだった。食べることは生きることだ。死の匂いを嗅ぎ取る能力があり、いつ心が死んだ人間と遭遇するかわからない中にいる月島にとって、店は生きる力を取り戻す場所でもあった。

客足が落ち着いてくる頃、出入り口の扉が開く。

「いらっしゃ……」言いかけて、自分の人生につきまとう甘く、不吉な匂いに気づく。出入り口を見ると、あの時の職人――佐埜の姿が見えた。

「あ、こんにちは。あの……何か工事のことで？」

「いや、今日は飯喰いに来ただけです。わりと近くに住んでて、自分の仕事見るためにも客が入ってる時に行ってこいって言われてたし」

「それは嬉しいです。空いてる席にどうぞ。お決まりになったらお呼びください」

佐埜はカウンターの右から二番目の席に座った。ちょうど客足が途切れる時間帯だからか、その存在がやけに意識に引っかかる。

「りくちゃん、知り合い？」

「店の改装をしてくれた職人さんです」

佐埜は「どうも」と言いながら軽く頭をさげた。

「この店作った人か～。お洒落にしてもらって。あ、おにぎりセットお勧めだよ。日替わりのつけ合わせが絶品でさぁ。今日はロールキャベツと……なんだっけ、トマトの……」

「カポナータ！」

加世子が、おにぎりを頬張りながら身を乗り出す。直後、佐埜を巻き込んでマシンガンのようなトークが始まった。

「鯵＆バジルソースのおにぎり、絶品よ〜」

「パクチー大丈夫ならスモークサーモン＆パクチーいきなって。俺のお勧め。今日のロールキャベツも旨(うま)いんだよなぁ。りくちゃん、あれ定番メニューにしなよ」

「無理よ〜、あんな手の込んだものランチの時間に出したらりくちゃん死んじゃう」

「そっか。そうだな。ロシアの水餃子(すいギョーザ)も結局金曜の定番になっちまったし。あ、金曜に水餃子が別で頼めるようになったの、俺のおかげだから！」

トミが自慢げに自分を指差して佐埜に訴える。

「水餃子じゃなくてペリメニだって。トミさんのわがままで定番メニューになったのに、名前くらい覚えなさいよ。ねぇ、そう思わない？」

「そんなもんどっちだっていいだろう。りくちゃんだって俺みたいなのが覚えきれないってわかってるから、『かっこロシア風餃子』って書いてくれてんじゃねぇか」

二人が元来の人なつっこさであれこれ話しかけるのを、佐埜は黙って見ていた。圧倒されているというより、何かものめずらしい動物でも見るような目だ。

「ちょっと〜、トミさんがあんまりグイグイ行くから、彼引いてるじゃない。ねぇ！」

「いや、よく動く口だなと思って」

冷静な突っ込みは、年配の職人にアプリを入れまくるなと言った時と同じだ。

「えっ、もしかして私？」

「いや、どっちもです」

はっきりと言う佐埜に、二人は呆気に取られた。シン、とした空気にトドメのひとことが放たれる。

「でも常連がうるさい店って旨いんですよね。期待しときます」

「ひ、ひでぇな。俺らそんなにうるさいか？」

「相当ですよ」

ふ、と笑う佐埜に二人は一瞬固まり、次の瞬間、笑い声をあげていた。歯に衣着せぬもの言いは、相手が誰であれ発動するようだ。不快に感じないのは、その言葉に否定も肯定も乗っていないせいだろう。事実を淡々と指摘しているにすぎない。

佐埜は定番のおにぎりは注文せず、トミと加世子に勧められるまま変わり種ばかりを選んだ。

「お待たせしました。右からスモークサーモン&パクチー、クリームチーズ&おかか、タコ&アンチョビ、鰺&バジルソースのおにぎりとなっております」

トレイに載せたセットを運ぶ。よく食べそうで、視界の隅に映る佐埜にまた意識を持っていかれた。

口に合うだろうか。元気が出るだろうか。

関わるまいと思っていたのに、つい気になって見てしまう。

「どう？　旨いだろ？」

トミが期待に目を輝かせながら聞くのを見て、佐埜の反応が容易に想像できた。きっとこう言うだろう。

「常連に『旨いだろ？』って言われたら、イエスって答えるしかないじゃないですか」

案の定だ。会話がどう展開するのかも大体予想がつく。

「えっ、口に合わないっ？」

「いや、美味しいですよ。さすが常連さんたちのお勧めですね」

「なんだよ旨いんじゃねぇか！」

月島は笑いを嚙(か)み殺した。

佐埜はひと口が大きく、豪快に食べる姿は野生の獣のようだった。咀嚼(そしゃく)するたびに浮き上がるえら骨の凹凸は、生きる力そのものだ。あっという間に、おにぎり二個を平らげる。だが、これほど生き生きと食べているにもかかわらず、死の匂いは消えなかった。ふとした瞬間に、佐埜から漂ってくる。

青竹と雨が降る直前の匂い。それに微かなラベンダーの香りが混ざっている。母親からも漂っていた魅力的で不吉なそれは、月島の人生にいつもつきまとっていた。

ちらつくのは人の死だ。

常連たちとのやり取りが微笑ましいだけに、気になって仕方がない。

「ねー、ママー。早く帰ろうよぅ」

ボックス席から聞こえた声に顔をあげると、女の子が母親の袖を引っ張っているところだった。赤ん坊と幼稚園生くらいの子供を連れた母親は、三十分ほど前に入店し、おにぎりセットを注文した。子供の食器は空になっているが、母親の前の料理はほとんど手がつけられていない。

「はいはい。ちょっと待って。まだママ全然食べてないから」

「ねぇ、ママってば！」

「わかってるわよ。ちょっと待ってってママ言ってるでしょう」

「だって〜、早くおうちに帰って遊びたい〜」

「もう、どうしておとなしく座ってられないの？　ママだってご飯くらい食べたいのに」

疲れた様子の母親を見て、気の毒になった。自分の料理を食べて元気が出たら嬉しいが、食べることすらできない人もいる。食べられたとしても味わう余裕はないかもしれない。

「わかったわ、もう出ましょう」

諦めて席を立つのを見て、慌てて厨房（ちゅうぼう）から出ていく。

「お持ち帰りできるようお包みします」

「すみません」

「急いで準備するから、待っててね」

女の子に声をかけるとつまらなそうに口を尖らせたが、その視線がカウンターに向いたかと思うと細いポニーテールが跳ねる。

「ねーねー、何それ！」

女の子の気を引いたのは、佐埜が持っているものだった。紙ナプキンで作った折り紙がポンと放られる。

「わっ、風船！」

満面の笑みを浮かべる女の子に、佐埜は口元を緩めた。

「作りかた教えてやろうか？」

「うんっ！」

女の子は嬉しそうに佐埜の隣に立ち、背伸びをしながらカウンターの上を覗く。

「教えてあげていいですか？」

「あの……っ、でも……」

「こういうもんです」

名刺を差し出す佐埜を見て、慌ててフォローする。

「店の改装をお願いした職人さんなんです。今日はお客さんとして来られてますけど」

「そりゃ退屈だよなぁ。おじさんと一緒にこのにーちゃんに折り紙習うか？」

「私も鶴くらいなら折れるわよ～、多分。あ、何その目。信じてないでしょ？」

「いや信じてますよ」

佐埜の心の籠もらない言いかたに、トミが吹き出した。

トミと加世子も参加するとわかり、母親は安心したようだ。

「すみません。じゃあ、お願いしていいですか？」

「ゆっくり喰ってください。俺も喰いながら折るんで」

月島は母親の了解を得て女の子を佐埜の隣に座らせた。さらに使ってくれと言ってポスティング用のチラシを渡す。母親は食事を再開した。

これでゆっくり食べてもらえる。

おにぎりを頬張る彼女を見て目を細めたあと、慣れた様子で女の子に折り紙を教える佐埜に目を遣った。不吉な匂いがする微笑ましい光景に、今まで味わったことのない不思議な感覚を覚える。

この匂いの向こうに『死』が横たわっていることなど、忘れてしまいそうだった。

その日の夜。店の片づけをしていた月島は、窓際の折り紙にふと目を遣った。チラシで作ったカマキリは捕食者らしい堂々とした姿で、ここは俺のテリトリーだとばかりに鎌を振りかざしている。

掃除を中断し、それに手を伸ばした。本当によくできている。

子供を連れた母親は、無事に店で食事して帰ることができた。ぐずっていた女の子が佐埜の折り紙に夢中になったおかげだ。

これまで自分の料理を食べて元気を取り戻す客の姿を見てきたが、若い母親が笑顔で帰ることができたのは佐埜のおかげだ。長い子育ての中のたった一回だが、他人の好意のおかげでゆっくり摂（と）れる食事は美味しかっただろう。料理の味だけでなく、こんな形でも人に力を与えられる。

「魔法みたいだったなぁ」

折り紙を折る佐埜の手を思いだし、ぼんやりとため息をつく。

子供が夢中になるのも当然だった。月島すら仕事をしながらチラチラ見てしまっていたのだから。

チラシはいろいろなものに変わった。鶴ややっこさんなど定番から、ウサギやクマ、カエル、さらにはカマキリまで。特にカマキリは子供の遊びとは思えないほど複雑で、遠くから見ると本物と見まがうほどのできだ。今にも動きそうで、子供の頃によく公園で虫獲（と）りしていたのを思いだす。

どんな可能性も孕んでいそうだった。それが限りあるものではなく、望めば誰にでももたらされる幸運だと、手放しに信じられる奇跡だった。とうに失った子供の頃のキラキラが、胸の奥に蘇る気さえした。

そして実際、佐埜の指から奏でられる命の旋律は形となって現れた。一枚の紙に吹き込まれた魂は、次々に息をしはじめる。獲物を狙い、羽を広げて求愛し、また、躍動した。

死の匂いを漂わせる男が、これほどの命を創り出せるなんて信じられない。

「一切ハサミを入れてないんだよなぁ」

振り上げられた鎌や腹から尻尾にかけての反り返ったラインなど、本物そっくりに作られていた。折り込まれた部分が節となり、幾重にも重ねた紙が翅となり、形作られている。あまりのリアルさに女の子は触りたがらず、これだけは置いて帰った。佐埜も小さな女の子には向かなかったとあとで気づいて苦笑いしていた。

『これ、いただいていいですか?』

思わず出た言葉に一番驚いたのは、月島本人だっただろう。

それは自然な行為だった。

渇いた喉を潤すように、自然に、欲しいと言った。

また来るだろうか。

月島はふとそんなことを考えた。

また来てほしいのか。死の匂いがするあの男に、もう一度来てほしいのか。

自問し、己の中に長年立ててきた誓いを思いだす――死の匂いを漂わせている相手には関わらない。

なぜ、今になってそれを崩すようなことを考えてしまうのか。たった二度会っただけのあの男に。

頭の中から追いやろうとしても、その存在は消えない。

男子高生の飛び込み自殺のあとも、死の匂いを纏う人間に遭遇してきた。

高校の若い教諭。公園で時折見かける老人。母の入院先で顔見知りになった若い男性。

教諭はパワハラを受け、老人は自分が運転していた車の事故で孫を失っており、若い男性は愛する妻が余命を宣告されていた。全部あとで知った。匂いが先だった。

佐埜はどれに属するのだろう。

関わるのかと自問しながらも、自分の意識がさらに佐埜へ踏み込んでいくのをとめられなかった。

月島が捉える死の匂いは、おおむね三つに分類される。

一つ目は、絶望のあまり何も感じなくなった人、喜怒哀楽を失った人だ。

二つ目は、罪の意識を抱えるあまり、自分を殺して生きている人。

三つ目は、これから死のうとしている人。

匂いはすべて同じで、どの状態にいるのかまではわからない。

佐埜はどれに属するのだろう。

答えの出ない問いを、また繰り返す。

甘く、爽やかで、むしろいい匂いだとすら感じるそれは、魅力的だからこそそれがなんの匂いなのか気づいてからは恐ろしいものに変わった。心惹(ひ)かれる香りの向こうに横たわっているのは、人の絶望や罪の意識。死に取り憑(つ)かれた人の意識。

悪臭ならまだよかった。眉根を寄せ、不快に感じるほうがマシだ。

なぜ、こんな魅力的な匂いなのだろう。

まるで自分が死に魅入られてしまったかのようだ。いや、死ではなく、死に取り憑かれた人にと言ったほうがいいのかもしれない。

その時、雨が降る前の匂いが鼻を掠めた。窓を開けると、真っ黒な空がゴロゴロと唸(うな)っている。

「なんだ、雨か」

佐埜の残り香だと思ったが、違うとわかって少しホッとした。

蟬（せみ）が勢いを増す。

月島は実家に帰るためにワイシャツを身につけ、慣れないネクタイを結び、上着を羽織った。奮発して買ったセミオーダースーツは、夏用でも着慣れない月島には窮屈でしかない。進まない準備に憂鬱なのかと自問する。答えを出す前に考えるのをやめた。

今日は自分の役割をまっとうするために、半日は費やさなければならない。不定期の実家帰省は重荷というより、果たさなければならない義務として月島の中に刻み込まれていた。抽斗（ひきだし）を開け、そこに入っているものをじっと見下ろす。

弁護士バッジだ。イミテーションを身につけると、本来の自分が姿を消した。着信が入る。

「あ、父さん。どうしたの？」

父親からの電話は、何時に着くのかを尋ねる電話だった。元気にしてたか——その言葉すらなく、いきなり斬り込まれて弱々しく口元を緩める。たったひとことが、月島には遥（はる）か遠くに見える山の頂のごとく感じた。手が届かない。

「夕方になる。母さんの具合どう？」

答えはいつもと同じだった。よくなったり悪くなったり。だが、今日はそらお兄ちゃんが帰ってくるから、朝から機嫌がいいという。

玄関の姿見で自分を確認した。スーツ姿にブリーフケース。弁護士バッジはいったん外して胸ポケットにしまった。どこから見てもエリートだ。髪も普段は使わない整髪料でオールバックにしている。

「いってきます」

誰もいない部屋に言い残した。店の二階を住まいにしているため、この格好を知り合いには見られたくなくて辺りを見回して裏口から外に出る。

実家までは、そう遠くはなかった。公共の交通機関を使って一時間。

駅は苦手だ。特に夏場は、眩しい光の中に溶け込む男子高生の白いシャツを思いだす。消えるようだった彼は、本当に消えた。この世からいなくなった。

生まれてから高校を卒業するまで住んでいた街は、どこか他人行儀に月島を迎えた。

兄に自転車の乗り方を教えてもらった公園は真新しく生まれ変わっていて、すっかり様子が変わっていた。けれども想い出は色褪(あ)せることなく、鮮やかに蘇る。

あの日は、雲一つない晴天だった。自転車の乗り方を教えてほしいと言う月島に、兄は快く勉強を中断して公園に連れてきてくれた。後ろから支えていてやるから大丈夫だと、勇気づけてくれたのをよく覚えている。

りく、少し遠くを見てペダルを漕ぐんだ。こう？　そうだ、そのまままっすぐ。上手だぞ。そらお兄ちゃん、まだ自転車支えてて。支えてるよ。まだだよ、まだ支えてて。支えてるよ。まだ支えてる？　支えてるよ、その調子。まだ支えてる？　支えてない。りく、一人で走ってるよ。え？　りく、一人で走ってる！

交わした会話を思いだし、懐かしさとともに熱いものが込みあげてきた。母の前では禁物だと、大事な記憶をしまって実家のチャイムを鳴らす。

「ただいま」

「おかえりなさいっ、そら！　遅かったのね。四時に来るって言ったのに」

「ごめん、仕事が忙しくて」

弾けるような声が家の奥から飛び出してきて、笑みを作る。

「帰ったか。元気そうだな」

「うん、元気だよ」

先ほど電話で話したことは母親には内緒にし、当たり障りのない挨拶を交わす。父親も随分歳を取った。子供の頃は大きく見えたが、今はつむじが覗ける。頭髪は減り、白髪が目立つようになった。

「今日はね、そらの好物を作ったのよ。お腹空いたでしょ？」

「まだ四時半だよ。夕飯まで時間があるからケーキ食べない？」

お土産を差し出すと、母親は少女のように黄色い声をあげた。

「まぁ、チーズケーキ！　お母さんここの大好き！　お紅茶淹れるから座ってて」

今日の彼女は、すこぶる調子がよく見える。人形のように動かなくなる時があるなんて思えないほど、生き生きしていた。

リビングのソファーで待っていると、フレーバーティーの香りが漂ってくる。

「はい、どうぞ。ねぇ、そら。お仕事どう？」

「ありがとう。仕事はそれなりに上手くやってるよ」

「今は弁護士さんでもなかなか稼げない時代だって聞いたけど、大丈夫なの？」

「うん、心配いらないよ。難しい案件を抱えることもあるけど好きな仕事だから」

「そう。昔から弁護士になるって言ってたものね。自慢の息子だわ。ね、お父さん」

「ああ」

短い言葉しか吐かない父親は、昔はこんなではなかった。重ねる苦労が彼から言葉を奪ったのかもしれない。病気の妻を抱え、仕事をしながら子供の面倒を見るのは大変だっただろう。だから自分が大人になった今、支えなければと思う。

「それより母さん、ちゃんと薬飲んでる？」

「時々忘れるの。でも大丈夫よ。そらがこうして来てくれるんだから。もっと頻繁に来てくれたらいいのに」

「そう無理を言うんじゃない。そらも忙しいんだ」

「わかってるわよ。でも、今日だって泊まっていかないし」

「ごめんね、母さん。明日も仕事だから」

「いいの。ちょっとわがまま言いたかっただけ。依頼人のためにお仕事頑張らなきゃね」

うん、と平気で言える自分の不誠実さには、もう慣れた。何も感じない。

母親から漂っていた死の匂いは、子供の頃は切っても切り離せないものだった。ある日をきっかけに、それは消えた。ここ十年、彼女からその匂いがしたことはない。

ホッとしていた。もう、母は絶望から解放されている。そう思うだけで自分の行いが正しいと思えた。救われた。これでいいのだと。

けれども母親が再びその匂いを振りまきはじめるのではないかと、どこかで怯(おび)えている。

チーズケーキを食べ終えると庭に誘われた。ここ数年はガーデニングにはまっているらしく、昔は殺風景だった場所が華やいでいる。

「宿根草を少し植え替えたの。あのピンクのがエキナセアよ。紫馬簾菊(むらさきばれんぎく)。綺麗(きれい)でしょ。夏の暑い時でもどんどん咲いてくれるの。その後ろがアガスターシェ」

「色の組み合わせがいいね。あっちの白いのは？」

「あれもアガスターシェよ。紫のはブラックアダーで白はルゴサアルバ。いろいろ種類があるの。あそこのバラが咲くといい感じになるの」

「バラは前からあるやつだよね。白とピンクの」

「そうよ、大株になったから秋も返り咲くわ。土弄(いじ)りしてると落ち着くの」

宿根草がなかなか根づかないのは、調子が悪い時に手入れがまったくできなくなるからだろう。バラはかろうじて生き残っているが、細い枝も多く、先のほうが一部枯れていた。

「あ、こういう枝は取っておかなきゃいけないの。――きゃあっ！」

小さな悲鳴とともに、バラに伸ばした手を引っ込めた。枯れ枝と思っていたのは、虫だったようだ。

「やだ～、触っちゃった。柔らかくて気持ち悪かった。何それ。毒持ってないわよね？」

地面の上で丸くなっていた細くて長いそれは、しばらくすると躰を伸ばして動きだす。

「シャクトリムシだよ、母さん」

「びっくりした～。てっきり枯れ枝だと思ったわ。偽物とは思えない。気持ち悪い」

偽物。

母の口から出た言葉に、思いのほか心が抉られた。

他のものの姿を借りて身を護る小さな生き物と自分を重ねた。同じだ。母のためというのは言いわけで、自分もこの虫のように己の身を護っているにすぎないのかもしれない。

「ねぇ、そら。戻りましょう。そろそろ夕飯の準備するから手伝って。明日もお仕事忙しいんでしょ？　あんまり遅くならないように早めに始めましょう」

「そうだね。いつもごめん。長居できなくて」

「いいのよ、弁護士さんですもの」

家の中に入る母に続こうとして振り返った。落ち葉を拾い、地面を這うシャクトリムシをそこに載せて庭木に移してやる。

夕飯の間、母は上機嫌だった。それだけが救いだ。父親のほうは少し疲れているようだが、躰の弱い母の面倒をずっと見ているのだ。それも当然だった。

実家を出て戻ってくる頃にはすっかり暗くなっている。通りに人の姿はなく、商店街もほとんどがシャッターを下ろしていた。自分の店が見えてくるとホッとしたのか、急に具合が悪くなってシャッターの横に手をついた。吐きそうになるが、かろうじて堪(こら)える。

「はぁ」

再び歩きだそうとした瞬間、青竹と雨が降る直前の匂いが鼻を掠めた。ラベンダーの香りが混じる。ギクリとした。母親に会ったからだろうか。記憶の中の死の匂いがまとわりついているのかもしれない。

いや、母が再びその匂いを振りまきはじめているのなら。その残り香を今感じているのだとしたら。

心臓が嫌な動きを始めた。

喜怒哀楽を失った状態の母親の姿が、脳裏に浮かびあがる。何度話しかけても反応しない彼女に必死で声をかける日々。

お母さん。ねぇ、お母さん見て。僕、テストで九十二点取ったんだよ。ねぇ、お母さん見て、僕、読書感想文で入選したんだよ。ねぇ、お母さん見て。僕、カブトムシ捕まえたんだよ。ねえ、お母さん見て。

ねぇ、お母さん僕を見て。

「大丈夫ですか？」

いきなり声をかけられ、ビクリと躰が跳ねる。

「あ、はい。ちょっと気分が……」

言葉は最後まで続かなかった。声の主に、思考が停止する。死の匂いは気のせいではなかった。相手も驚いた様子で月島を見ている。

「佐埜さん」

「脅かすつもりはなかったんですけど。今日は店休みですか？」

「すみません、臨時休業にしてて」

ホッとした。母がまた絶望の淵に身を落としていたのではなかった。

だが、かつて母親が漂わせていたのと同じ匂いをさせている男を前に、やはり関わってはいけない相手だと思い知る。特にこんな日は、つらい記憶を蘇らせるだけだ。

「飯喰いに行こうと思ってたんですけど。明日は？」

「開けるので、ぜひ来てください」

思わずそう言った自分に驚いた。店主としての言葉なのか、それとも本音が出たのか。

「じゃあまたそのうち……」

佐埜の視線が胸のところに降りたのに気づいて、ハッとした。

ひまわりの中心に天秤(てんびん)がデザインされた弁護士バッジはいつも実家を出た直後に外すのだが、今日はすっかり忘れていた。自覚していた以上に疲れたのかもしれない。

佐埜は、これがなんのバッジか知っているようだった。あえて視線を逸らしたといった態度が、その思いを確かなものにする。

「送っていかなくて大丈夫ですか？」

「え？」

「具合悪そうだし、顔色あんまよくないですよ」

「すぐそこですから。お気遣いありがとうございます」

距離を置いた言い方をすると、佐埜もすんなりと引き下がった。

あまり立ち入らないでほしい。

その意図は十分に伝わったようだ。

「じゃあ、また」

頭をさげる佐埜に礼を言い、その場で別れた。視線を感じるが、目が合ったらどんな顔をしていいかわからず、振り返りたいのを堪える。なぜ外しておかなかったんだ、とバッジをポケットに入れながら深々とため息をついた。

月島と別れた佐埜は、美味しいご飯にありつけずがっかりしていた。具がたっぷり入った豚汁とふわっとにぎったおにぎり。日替わりの小鉢は、おにぎりのつけ合わせとしてはめずらしいものが出てくるため、楽しみだったのに。

今日は、ペリメニというロシア風餃子も注文してみるつもりだった。トミたちから勧められてここ数日、時折思いだしては食べようと思っていた。

「コンビニ行くか」

口の中がすっかり『そらのテーブル』のおにぎりになっていたため他の店に行く気がせず、闇に白々と浮かぶ場所に足を伸ばした。イラシャイマセ、と母国語が日本語ではないだろうイントネーションで言われる。

他の客に交じって並んだ弁当を眺めていたが、選んではいなかった。棚の商品の向こうに、月島の胸に光っていたバッジを見ている。

あれは弁護士バッジだ。知り合いに弁護士がいるから知っている。嫌というほど見てきたものだ。見間違えるはずがない。

なぜ、月島があんな格好をし、あんなものを胸に光らせているのか。

合コンにでも行ってきたのか。弁護士と偽って女を誘うタイプには見えないが、人間ってのはわからない。裏の顔を持つ者の恐ろしさは、嫌というほど見せられてきた。しかも、月島とは今日を入れて三回会っただけにすぎない。

それなのに、なぜか彼に対してどこか好意的に捉えてしまう。

「すみません、いいですか?」

「あ、すいません」

商品を取るのに邪魔だったらしく、若い男に声をかけられて移動した。冷凍食品のコーナーに行き、おにぎりのコーナーも見たが、ますます『そらのテーブル』のおにぎりが食べたくなって困った。

面倒なものを抱えているのかもしれない。それならなおさら、深く立ち入らないほうがいい。自分が関わるとろくなことにならない。月島も深入りしてほしくなさそうだった。

そう言い聞かせるが、ずるずると考えてしまう。

『これ、いただいていいですか?』

チラシで作ったカマキリを欲しいと言う月島を思いだして、小さく笑った。

店で早く帰ろうとぐずっていた女の子と同じ熱量で訴えてきた。それがおかしかった。純粋な人なのかもしれない。

作っている間、厨房からチラチラと見ていた。そんなに見たいなら見ればいいのに、遠慮がちに盗み見るだけだった。あまりにそわそわするものだから、笑いを堪えるのに苦労した。

折り紙は死んだ妹を思いだす。得意になったのは、妹を慰める手段がそれしかなかったからだ。妹が笑うなら、学校で友達に馬鹿にされてもよかった。だから休み時間はいつも折り紙を練習した。たくさん覚えた。

もう折ることはないと思っていたのに。

久しぶりに折ろうという気になったのは、小さな女の子と妹を重ねたからだ。あの母親に、美味しいおにぎりを食べてほしかったというのもある。

食に対して、こだわりがあるほうではなかった。腹が満たされればいいくらいの時も多い。だが、月島の料理は人を惹きつける力がある。豚汁もつけ合わせも、作った人間の心が籠もっていてホッとする。

また喰いたい。

食べられないとわかると、余計に食べたくなる。それは誰もが身に覚えのある心理だろう。決して月島本人とは関係ない。自分にそう言い聞かせ、適当におにぎりを四つ摑んだ。カップラーメンを手に取り、レジに向かう。

フクロイリマスカ、と聞かれて機械的に返事をする。味気ない夜だった。

2

弁護士バッジを見られた日から、三週間が過ぎようとしていた。

佐埜は週に二回ほど食べに来るが、バッジについては一切触れず、ごく普通に常連となりつつあった。店主と客という立ち位置から大きく外れるようなこともない。佐埜が纏う死の匂いも意識しないでいられるようになり、このまま日常の一部と化していくのだろうと思っていた。

けれども、予想を裏切る小さな事件が起きる。

「まずい。今からやっても間に合わない」

絶望的な言葉を漏らすしかない状況に、月島は焦っていた。時間を見て逆算するが、どう考えても時間が足りない。いったん深呼吸をし、周りを見渡す。

厨房の中は炊き上がるご飯やトマトソースの匂いが立ち籠めていて、着々と準備が進んでいた。馴染みの光景に心を落ち着かせるが、冷静になっても窮地に立たされているのは変わらない。

「メニュー変更お願いしたら信用失うだろうな」

二つある冷蔵庫の一つが故障していると気づいたのは、閉店前一時間を切った頃だ。

今日は夜にケータリングの注文が入っていた。番組の撮影現場で、比較的大がかりな注文だ。食材の量も今までで一番多い。下ごしらえは昨日のうちに済ませ、閉店後に準備を始めればー分間に合う予定だった。ロールキャベツをトマトソースで煮込み、おにぎりの具を用意し、あとはにぎるだけだ。

無事だった冷蔵庫のほうにほとんどの食材を入れていたのは幸いしたが、ペリメニが全部駄目になっている。通常なら別のもので代用するのだが、今回の注文には欠かせないメニューだった。

どうやらスタッフの中に、この店に来た人がいたらしい。注文時にペリメニは必ず入れてほしいと言われた。食材は足りているが、包む作業が追いつかない。もちもちの皮も手作りしているため、一枚一枚皮を形成しながら包むとなると、一人では無理だ。

その時、店に客が入ってきたのが気配でわかった。

「すみません、今日は早めに営業終了してるんです」

「なんかトラブルですか？」

佐埜だった。

月島の様子を見てそう感じたらしい。誤魔化そうとしたが、どう考えてもパニック状態で辺りには材料が散乱している。取り繕う余裕もなく、ペリメニを包みながら素直に白状した。

「冷蔵庫が壊れて……ペリメニが全部駄目になったから、一から作り直してるところなんです。

ごめんなさい。そんなわけで今日は……」

「手伝いましょうか？　俺多分できますよ」

「でも、結構難しいから。それにご飯食べにこられたんでしょう？　お腹空いてるなら他の店に……」

　佐埜は月島を無視して厨房に入ってくると、手を入念に洗いはじめた。とっぴもない行動に、ただ見ていることしかできない。

「二人だったら間に合うでしょう？」

　本当は助かる。他にもまだ仕上げなければならない食材があって、ペリメニだけに構っていられない。

　どうしようか迷っている間に、佐埜はペリメニの餡をスプーンで掬って皮に載せた。

「具の量ってこのくらいでいいですか？」

「あの……っ」

　餃子と同じやり方で包み、最後に端っこ同士をくっつける。丸っこいペリメニのできあがりだ。

「さっきこんなふうにやってましたよね？」

　驚いた。一回見ただけなのにこうも簡単にできるなんて信じられない。だが、魔法のように一枚の紙から生き物を生み出す指先を思いだして納得する。

「この形でいいんでしょう?」

「はい。ばっちりです」

一瞬、微かな死の匂いが鼻を掠めたが、厨房を満たす食べものの匂いに掻き消された。

「やるなら着替えたほうがいいですか?」

「あ、えっと……エプロンをしてもらえれば」

「じゃあ貸して。俺が包むから皮作ってください」

「は、はい」

自分が指示される側になっているのに戸惑いながらも用意する。少々強引だったが、おかげで素直に甘えることができた。そうと決まるとぐずぐずしていられない。

麺棒で皮を丸く形成し、積み上げていった。隣では佐埜が無言で餡を包んでいる。手元を見ると、その動きは長年作ってきたようになめらかだ。

トマトソースで煮込むロールキャベツが、くたくたと音を立てている。

「何個いるんです」

「二百」

「二百?」

「す、すみません」

思わず謝ると、ククッ、と笑われた。屈託のない笑いかただった。少年のようで、まだ自分

が何者にでもなれると信じていた頃を思いだす。

こんな顔をするのかと、意外な一面に心臓が鳴っていた。トクトク、トクトク、と。落ち着いていても穏やかでもないが、決して嫌な動きではなかった。子供の頃、初めて虫かごの中に欲しかった昆虫を捕らえて持ち帰った時の気持ちに似ている。

大事なものを抱え、壊さないよう、傷つけないよう、そっと運ぶあの時の気持ち。

この瞬間が、なぜ憂いを知る前の純粋な喜びと重なるのか。

どこかふわふわしたまま、無言で作業していた。けれどもしばらくして、佐埜の能力を過小評価していたことに気づく。包むのが速い。

他の料理を手がけながらとはいえ、皮の形成が徐々に追いつかなくなってきている。他は後回しにして皮の形成に集中した。ペリメニの並んだバットが積み上げられると、絶望的な状況に光が差して希望が広がる。

その日、佐埜のおかげで店の信用を守ることができた。

バタバタと準備を済ませ、店を出たのが到着予定時間の三十分前。無事に設営から片づけまで行い、店に戻ってくると、どっぷりと疲れている。

「はぁ、終わった～。今日はほんとにやばかった。……あれ？」

店の鍵を出そうとして、ないことに気づいた。

「出てくる時どうしたんだっけ？」

佐埜のために一食ぶん用意し、食べて帰ってくれと言ったのは覚えている。食べ終えたらすぐ帰れるよう、合い鍵を渡したことも。

「もしかしてマスターキー、店の中に置いてきた？　裏口の鍵も……わ、やっぱりない」

トラブルを乗り越えてやっと戻ってきたのにと、肩を落とした。片づけが残っているのに、すんなりとはいかないらしい。鍵屋を呼んでもすぐ来てくれるとも限らない。佐埜に連絡すれば合い鍵は返してくれるだろうが、あいにく名刺は部屋の中だ。

「鍵屋さん呼ぶしかないか。あ〜、今日何時に寝られるだろ」

その時、店の扉にメモが挟まっているのに気づいた。中を見ると、自分宛だとわかる。

『カブトムシを折ってみました。カマキリの前に置いてるので、店に飾ってください。佐埜』

また折ってくれたらしい。なぜ、と首を傾げ、カマキリが飾ってある窓を見ると、折り紙のカブトムシがガラスに貼りついているように置かれている。

思わず笑みが零れた。

それは、トラブル続きで散々な状況に降りてきた小さな癒やしだった。

強い日差しを遮る街路樹のように、突然の雨から守ってくれる軒先のように、さりげなく手を伸ばしてくれる。些細な不運でも疲れていると心が折れることもあるが、たった一つの折り紙に救われたりもする。

「……すごい」

子供の頃、初めてカブトムシを捕った時みたいに、大事に手のひらに載せた。立体的な作りのそれは今にも動きだしそうで、脚の節まで再現された細かな作りに魅入られる。

「あれ？」

店のチラシで作ったそれは大きかったが、それにしては重量があった。中に何か入っているらしい。隙間から覗（のぞ）くと、銀色のものが見える。

「なんだろ」

破らないようそっと解体しようとしたが、どう手をつけていいかわからなかった。あ、うわ、と言いながら開いていくが、ところどころ破れてしまう。もったいなくて途中で止（や）めたくなったが、鍵が入っているのがはっきり見えた。

「え、嘘（うそ）っ、鍵？」

まさかこんなことができるなんてと、鍵を取り出して解体されたカブトムシを見比べる。

トクトクと心臓が鳴っていた。

「すごい。本当に入ってた」

急いで部屋に行き、内装工事の時に貰（もら）った名刺を探した。抽斗（ひきだし）の奥にそれを見つけると、電話をかける。月島だと名乗ると「鍵わかりました？」と返ってくる。

「助かりました。マスターキーを店の中に忘れて出たみたいで」

『いや、それがマスターキーだと思いますよ。キーホルダーついてたし。キーホルダーは折り紙に入らないから、俺が預かってます』

「あ！」

そうだ、思いだした。渡したのはマスターキーだ。慌てすぎにもほどがある。

佐埜はキーホルダーがついていることに気づき、すぐ取り出せる場所から鍵を出したことを思いだしてマスターキーを渡されたと判断したらしい。すごい観察眼だ。

『スペアなら奥にしまってあると思って。月島さんいつ帰ってくるかわからないし、俺は明日から三日間泊まりで仕事だからこの辺にいないんですよ。かといって植木鉢の下とかは危ないし』

「す、すみませんっ」

植木鉢の下や郵便受けは、鍵を隠す場所としてスタンダードだ。まさか折り紙の中にあるとは思わないだろう。

「今日のお礼もしないといけないのに、何も言わず出てしまって」

『いいですよ、時間なかったんだから。飯喰わせてもらったし』

「いや……でもなんていうか、ちゃんとお礼をしないと失礼だなって」

気の利かない奴だと落ち込んでいると、佐埜はまた笑った。

「今日はご飯食べにきてくださったのに、ゆっくりするどころかこき使っちゃって」

『まぁ、結構楽しかったですけど』

「失礼ですけど、せめて時給払わせてください」

『二時間もしてないですよ』

どうしようか迷った。

弁護士バッジを見られた日、深く関わらないでほしくて距離を置いた言いかたをしたのは月島のほうだ。その意図は十分に伝わったようで、客として店に来た時も必要なこと以外話さなかった。母親がかつて纏っていたのと同じ匂いをさせているのも、佐埜を遠ざけたい、いや遠ざけるべきだと考える理由だ。

佐埜がそう言うなら、これ以上個人的な関係を続けないのが利口なのだが、世話になったのにろくに礼をしないままでいるなんて、どうしてもできなかった。

「よかったら、ご飯作りますので食べに来るってのは」

「そこまでしてもらわなくても」

これは拒絶なのだろうか。

それ以上誘っていいかわからなくなった。むしろ迷惑かもしれない。男の家に食事をしにいくなんて、嬉しくもなんともないだろう。面倒に違いない。

「そ、そうですよね。若い人はこういうのあんまり……」

『あんた歳いくつだよ』

いきなりのタメ口に心臓がトクンと鳴った。嫌な感じはしない。

「二十八です」

言うとまた笑われた。言葉どおり年齢を聞きたかったわけじゃないらしい。

『俺二十五』

「えっと……今日は本当に助かりました。別の形でお礼させていただきます」

『そんなのいいですよ』

タメ口は一瞬だけだった。雲の間から月が一瞬だけ顔を出し、また雲の向こうに隠れたようだ。それでもその存在ははっきりわかる。地球から見える月は表側だけで、裏側はずっと隠れたままだと知ったのは、小学生の頃だった。兄が教えてくれた。

まだ見えてこない佐埜の素顔は、月の引力のごとく月島の心に作用した。

『それとも素直に飯ご馳走になったほうがいいですかね？　店終わったあととか。あー……、でもそれだと遅くなるか』

「いえっ、いいです。店の二階に住んでるから遅くても全然」

『仕込みとかあるでしょ。定休日はどうですか？　あ、休みの日くらい一日ゆっくりしたいか』

「いえっ、そんなことは……。どうせ遊ぶような友達もいないし」

互いに探り合うような会話に、なぜか心地よさを感じる。

『じゃあ、今度の定休日。水曜ってことで。部屋に行きます。じゃなくて店？』

「あ、部屋でいいです。佐埜さんがよければ。裏口わかりますか？」

『路地から入ったところですよね。夜でいいですか？』

「はい。時間は七時でどうでしょう」

『腹減らしときますよ』

じゃ、と最後に短く言って電話は切られた。トクトクと心臓が鳴っている。

解体されたカブトムシの折り紙を見て、手を伸ばした。折り目に従って折ろうとするが、やはり複雑すぎてよくわからない。

「これ、どうやって戻すんだろ」


約束の日。

結局、カブトムシは復元とならず、かといって捨てる気になれず持っていた。佐埜が来たら、もう一度折ってもらえるだろうか。そんな期待を持ちながらその日を迎える。

仕事としてではなく、特定の誰かのために料理を作るのは久しぶりだった。兄に夜食を用意した時の気持ちが蘇（よみがえ）る。

約束の時間を少し過ぎた頃に、チャイムが鳴った。

「いらっしゃい。どうぞ」

「おじゃまします。先にキーホルダー返しておきます」

「すみません、助かりました」

部屋に招き入れると、すれ違いざま微かな死の匂いが鼻を掠めた。ふと思いだしたように香るそれは月島が抱く佐埜の人物像とはかけ離れていて、不思議で仕方がない。

なぜ、と佐埜を見るが、考えるなと自分に言い聞かせた。今日はこの前の礼をするために呼んだのだ。佐埜と親しくなるためでも、佐埜を深く知るためでもない。

「カブトムシの開き」

テーブルの折り紙を見てポツリと零された言葉に、思わず口元が緩んだ。

「すごく複雑で綺麗(きれい)だったから、もとに戻そうと。ほら、カマキリもあるし、カブトムシと対戦させたら面白いかなって」

「子供かよ」

ククッ、と笑う佐埜に、また心臓がトクンと鳴った。笑いかたが好きなのか、笑われて恥ずかしいのかよくわからない。

佐埜のこの笑いかたに、なぜ心が反応するのか不思議だった。

「カブトムシと対戦するならクワガタでしょ」

「クワガタも作れるんですか?」

「そこ喰いつくんですか」

期待に満ちた目をしていたのだろう。苦笑いされる。これでは、なんのために呼んだのかわからない。

「あ、いや……すみません。今日は頼みごとをするのが目的ではないのだ。

「あとで作りましょうか？」

「えっ、いいんですか？」

思わず声をあげ、我に返った。佐埜の自分を見る目が笑っているのに気づいて、頬が熱くなる。

あんた歳いくつだよ。子供かよ。

佐埜に放たれた言葉が蘇る。

「どうぞ、座っててください」

佐埜が座卓につくと、料理を運んだ。その間に、カブトムシは復元される。

「わ、すごい。もうもとに戻ってる」

「折り目が入ってるから。クワガタはまたあとで」

テーブルには兄が好きだったボルシチを始め、ペリメニ、きのこの和風パスタ。チキンの香味揚げサラダなど、店と同じで統一感のないメニューが並んだ。佐埜は「いただきます」と行儀よく手を合わせたが、すぐに獣のような食欲を披露した。

作る者を幸せにするほど豪快な食べかたで、見ていて気持ちいい。

「ペリメニってのは初めてだけど、旨いです」

「気に入ってもらえたんならよかったです」

「サワークリームってのがいいですよね。普通にポン酢でも旨そうだけど」

ペリメニがどんどん消えていく。追加で茹でた。きのこの和風パスタも気に入ったらしく、あっという間になくなる。

「パスタも旨いです。メニューにないですよね？」

「ケータリングの時は入れてます。簡単だからレシピ教えましょうか？」

「俺が料理すると思ってんですか？」

「あれだけの折り紙作れるんだったら、料理なんて朝飯前だと思いますけど」

ひとしきり旺盛な食欲を披露した佐埜は、また行儀よく手を合わせて「ごちそうさま」と頭をさげた。紅茶を淹れ、近所の洋菓子店で買ってきたシフォンケーキを出す。甘いものも好きらしく、ペロリと平らげた。そして、約束のクワガタを折りはじめる。

「折り紙の中に鍵を入れておくなんてびっくりです。ああいう発想がすごいですよね」

「正直困りましたよ。マスターキー置いていくなんて間抜けすぎませんか」

「す、すみません」

小さくなると、佐埜はククッと笑う。

無骨な指はなめらかに動き、一枚の紙に命を吹き込んでいった。三角に折り、開き、畳み、斜めに折り目を入れてまた畳む。どこがどのパーツになるのか、少しずつ見えてくるのも面白かった。同時に、命を生み出す佐埜から時折漂う死が裏づけされた匂いが、月島の興味を駆り立てている。

佐埜の折り紙は、こんなにも生きているのに。こんなにも心を打つのに。

「そんなに凝視されるとやりにくいんですけど」

「あ、すみません。すごいからつい……。手先が器用なんですね」

「そうでもないですよ。まぁ、もの作るのは好きだけど」

不吉な匂いを意識しながらも、魔法にかかるように魅了されていく。

迷いなく動く佐埜の指先は献身的ですらあった。彼が触れたところから命が芽吹くように、灰色の景色に絵の具を載せていくように、死に絶えた景色が生き返る。自分の心までもが、色鮮やかに染められていくようだ。

「折り紙はどこで覚えたんです？　まさか自己流ってわけじゃ」

「自己流ですよ」

「えっ、自分で？」

「妹がいたから、喜ばせてやろうと思って作ったのがきっかけで」

妹。

初めて触れる彼のプライベートに、トクンと心臓が鳴った。ずけずけとものを言う佐埜の、小さき者を思う優しさの源に触れた途端、自分にもそれが染み込んでいくようだった。一滴の水が水面に波紋を描くように心に広がる。

「できましたよ。はい、どうぞ」

完成したそれをそっとつまんで手のひらに載せる。

「すごい。クワガタだ」

少し前までは、ただの紙だったのに。

カブトムシと同様それは立体的で、これが一枚の紙で作られているとは思えなかった。

「これってもうアートですよね。和紙とか使って本格的に折ってみたら売れそう」

「まさか。そんな物好きいませんよ」

「いますよ。俺なら買います」

「そんなに喜んでくれるなら、ちゃんと折りましょうか？」

「え？　ちゃんとって……これちゃんと折ってないんですか？」

「大きな紙使って時間をかけたら、もっとまともなもんができますよ」

驚いた。これでも十分アートと言えるのに、さらに本格的なものを作れるのだ。

見てみたい。

誘惑に抗（あらが）えず、思わず身を乗り出した。

「じゃあ、お願いしていいですか？　代金は……えっと」

「金取ったことないから。いいですよ別に」

「だったら飯で手を打ちます。完成したら店に持っていきますから、おにぎりセット喰わせてください」

「もちろんです！」

約束してしまった。

まずいことになったという思いと、純粋な期待が綯い交ぜになっている。これほど複雑な胸の高鳴りを、かつて味わったことがあっただろうか。

「だけど本当、すごいですね。これで独学なんて」

「他にやることがなかっただけです。うち貧乏だったし」

「妹さんも自分のためにお兄ちゃんが折り紙を覚えたなんて、嬉しいでしょうね」

「そうだったらよかったけど」

一瞬の憂いに、言葉を飲んだ。

子供の頃に空き地で遊んでいてカヤに触れた時みたいに、微かな痛みを残す。浮き足だって油断した心に傷をつける。過去形で放たれた言葉の裏に、佐埜の奥に隠れているものを垣間見た気がした。

触れてはいけないものに触れてしまったのかもしれない。

「あ、えっと……紅茶おかわり淹れましょうか」

「いえ、もう十分です。明日も仕事だから」

佐埜は立ちあがると、美味（おい）しかったと言い残して帰っていった。一人になると急に静けさが迫ってくる。日常に戻っただけなのに、二人の時間があまりに心地よかったからそう感じるのかもしれない。

軽く息をつくと、残されたクワガタを手に取った。

「やっぱりすごいな」

大きな顎は威嚇しているようで、カブトムシと対峙（たいじ）させるとよりリアルに見えた。命が宿って動きだしたら、驚きはするだろうがきっと納得する。

その時、佐埜の微かな残り香がした。それは警告だった。決して忘れるなと、心に刻む嗅覚の訴え——死の匂いを漂わせている相手には関わらない。

自分の能力が確かに存在すると確信してから、己にそう課してきた。けれども、それが足元から崩れている。波打ち際に立った時のように、足の下の砂が少しずつ削り取られていく。

頭ではわかっているのに、とめられない。

このまま流れていきたい気もした。この流れに乗ったら、どこに辿（たど）り着くのだろう。笹舟（ささぶね）のように頼りなく、小さな渦ですら巻き込まれれば簡単に呑（の）まれる。

それほど不安定なものに身を任せているのだ。

「ねー、この折り紙すごくない？」

ボックス席にいる女子高生の三人組が、窓辺に飾った折り紙にスマートフォンを向けていた。真っ白の和紙でできたペガサスは、今にも飛び立たんとしている。約束の折り紙は月島の想像を遥かに超えており、驚くほどの完成度に客の多くが反応した。

翼の細かな部分まで再現されている。美しいたてがみや筋肉の隆起は、生きているかのように力強く、溢れる生命力すら感じた。

笹舟を流れにそっと置いてしまったことを後悔しながらも、一度流れに乗ると、それは勢いをつけて下流へと運ばれてしまう。今さら手を伸ばしても摑むことはできない。

「りくちゃん、最近若いお客さん増えたね」

「店を改装したから入りやすくなったんだと思います」

「折り紙アートも飾るようになって。あれ、あの時の若いのが作ったんだろ？」

「そうなんですよ。しかも独学らしいです」

「ああ、あれか。コンピューターで設計図書いてってやつ。建築学科とか出てんのか？」

「いや、それがそういうのでもないらしくて、妹さ……、あ、いや」

「どうかしたか?」

「なんでもありません」

妹のために折りはじめたと聞いたが、あの時の佐埜の反応を思いだして口を噤むつぐ。確かに浮かんだ憂いは、簡単に触れてはいけない気がした。妹の存在も、広めないほうがいいだろう。

その時、店に入ってくる長身の人影を視界の隅に確認する。

「いらっしゃいませ」

大学生ふうの男だった。なぜ、佐埜と思ったのだろう。気を取り直し、水を運ぶ。

彼はカウンターに座っておにぎりのセットを注文した。ふんわりとにぎり、つけ合わせを用意して最後に汁物をつぐ。それから切れ間なく客はやってきた。午後三時にいったん店を閉め、午後五時からの営業に備える。

その日、佐埜は来なかった。

ペガサスを持ってきて以来、一度も姿を見せていない。二週間くらいが経たつだろうか。

常連が顔を見せなくなった時とは違う気持ちが、自分の中にある。なぜ、待ってしまうのだろうか。

夜の営業も終えて店の片づけをし、オフィスに配達する弁当の準備をはじめた。今日は弁当の予約が四件入っている。

四十人ぶん近くの弁当が完成すると、以前使っていた軽バンのキッチンカーに乗せ、オフィス街へと車を走らせた。配達を終えて帰路につこうとして改装中の店舗の前に作業員たちが休憩しているのが目につく。その中にひときわ長身の目立つ男がいた。

佐埜だった。声をかけようか迷ったが、先に見つかってしまった。頭をさげると近づいてくる。

「どうも。配達ですか？」

「はい。佐埜さんはまだお仕事？」

「工事が遅れてるから夜中までかかるんですよ。ところで弁当余ってないですよね？」

「ええ、予約制なので」

あからさまにがっかりした佐埜は、取り繕うように言った。

「あと二時間くらいで夜食喰う予定なんですけど、店のロゴ見たら喰いたくなって。いや、いいです。すみません」

「おにぎりだけでいいなら配達しましょうか？」

するりと出た言葉に自分でも驚いた。佐埜の顔に期待が浮かぶ。

「でも一人ぶんだと利益にならないですよね？」

「えー……っと、そんなことはないけど、何人か注文してくれると助かります」

「じゃあ、他の奴にも聞いてきます。俺喰いたいんで。ちょっと待っててください」

急いで同僚たちのところに戻る佐埜を見て、嬉しくなった。そんなに食べたいと思ってくれるなら、予定外の配達も苦にならない。

結局、作業中の六人全員が夜食を注文した。すぐに店に戻り、急いでご飯を炊いて弁当を用意する。一時間半後には届けることができた。埃まみれで働いている佐埜たちのために、サービスで汁物もつける。鍋にいっぱいの豚汁と使い捨ての器を持っていくと、男たちは喜んだ。

「わざわざありがとうございました。おにぎりだけって言ってたのに汁物まで」

「そんなの気にしないでください。売り上げに貢献してもらって俺も助かりました」

「じゃあ店の宣伝しときます」

「それ助かります。あ、それからこの前のペガサス、お客さんがよく写真撮っていかれるんですよ。特に若い子に好評です」

「またなんか折りますよ。今日のお礼に」

「え、いいんですか?」

「ちょっと時間ください。すごいの作るんで」

すごいの。

そう言われると期待が膨らむ。顔に出ていたのか、佐埜はさもおかしそうに笑った。目が合うと悪いと思ったのか、必死で堪えようとしたが、肩の震えは止まらない。じわじわと顔が熱くなる。

「いや、子供みたいな顔するから。すみません。気合い入れて作ります」

「楽しみにしてます。じゃあ、あの……俺はこれで」

月島は頭をさげて車に乗り込んだ。相変わらず死の匂いはしていたが、普段より薄い気がした。母親のように、完全に消える日が来るのだろうか。

運転しながら、自分のおにぎりを食べる佐埜を想像する。元気になってくれればいい。

店に着く頃には、すっかり遅くなっていた。だが、充実した疲れが心地いい。急いで片づけを済ませた月島は、部屋に戻ってコーヒーを淹れた。

夜なのに今日はずいぶんと明るい。部屋の灯り(あか)を消し、窓を開けて空を見ると、丸い月が浮かんでいた。

「明るいな」

佐埜は月みたいだ。

日焼けした肌も、引き締まった躰(からだ)も、男らしい骨格も、どこを取っても真夏の太陽のほうが合っていそうなのに、なぜそう思うのだろう。月の引力によって潮が満ち引きするのと同じで、佐埜という男の存在に月島の心は潮騒のごとくざわついている。

寄せては返し、寄せては返し、海底の砂粒はかき混ぜられる。月島の中にある様々な感情も複雑にぶつかり合っていた。休みなく、それは繰り返される。

静かだった海は、もうどこにもない。

その時、スマートフォンが鳴った。父からのショートメールだ。来週辺り帰ってきてほしいという。既読がつくとわかっているが、すぐに返事はしなかった。

もうしばらくこの時間に浸っていたい。

店にまた折り紙が増えた。羽を広げたクジャクを再現した驚くほど精巧な芸術品に、ため息しか出ない。

「うん、これから出るよ」

その日、月島はスーツを身につけ、弁護士バッジをポケットに入れて部屋を出た。駅方面へ向かうが、日陰が少なく首筋に汗が滲む。

刺すような光と蝉の声。満員電車のようにぎゅうぎゅうに音をつめ込まれた空気は、暴力的ですらあった。絶え間ない命の叫びにあてられて目眩すら覚える。

強い日差しのせいで、視界に白いヴェールを一枚被せたように色が飛んだ。真っ赤なひさしも濃い緑の看板も、輪郭を失いかけている。このまま光に溶けて消えてしまいそうで、夏の勢いと儚さを同時に感じずにはいられない。

暑さの中を歩いていると、女子高生とすれ違った。その瞬間、あの匂いが鼻を掠める。ドキリとし、振り返って背中を眺めた。

雑踏の中で、彼女だけが別世界にいるように見える。

よせ。関わらないほうがいい。

自分にそう言い聞かせた。再び歩きだすが、立ちどまり、踵を返す。嫌な予感。何か切実なものを感じた。無視すればいいのに、どうしてもそれができない。

ちょっと確かめるだけだ。ちょっと確かめれば気が済む。

彼女は雑居ビルの中に入っていった。心臓が鳴る。思いだすのは、眩しい夏の日差しに溶け込むように消えた男子高生だ。あの時と印象が重なる。

ビルに飛び込むと、エレベーターは扉が開いたままだった。非常階段のほうから気配がし、あとを追う。ひんやりとした空気に汗が引いた。

このビルに女子高生が行くような店はない。

「あの、すみません」

五階のフロアを通り過ぎたところで声をかけると、彼女はビクッ、と弾かれたように振り向いた。階段を数段登り、一メートルほどの距離まで近づく。左手首にリストカットの痕を見つけた。

「その先、何もないですよ？」

「え？」

「このビル五階建てだから、その先は屋上しかありません。多分、鍵がかかって出られないと思います」

彼女の顔色がサッと変わった。ああ、やっぱり……、となんとも言えない気持ちになり、ここからどうすべきか考える。

「誰かに相談したほうがいいです」

「な、何がですか？　変なこと言わないでください」

「助けてくれる人は必ずいますから」

「何勝手なこと……」

その時、ドアが開く音がした。下の階で声がし、五階フロアに人の姿が見えると女子高生は月島を押しのけて階段を駆け下りる。

「すみませんっ、あの……助けてください！」

男は階段の途中にいる月島を見上げ、怪訝（けげん）そうな目を向けてきた。

「あの人にしつこくされて」

「あなた、女子高生に何しようとしたんです？」

「何って、この先は屋上しかないからそう伝えただけです。危ないし」

そうなんですか、と男が彼女に聞くが、唇を噛（か）んだまま答えない。

「警察呼びましょうか」

「警察って、変なことはしてません」

死の匂いがしたなんて、もちろん言えるはずもなかった。彼女に本当のことを言ってくれと目で訴えるが、すぐに逸(そ)らされる。視線を床に落としたまま、月島と目を合わせようとしなかった。一度言い出したことを撤回する勇気がないのだろう。

「何もやましいことがないなら呼んでいいですよね？」

ここで逃げて捕まったら、取り返しがつかなくなる。かといって無実を証明できるとは限らない。迷っているうちに制服警官が二人来て、月島は女子高生とともに交番へ連れていかれた。観念するしかなく、促されて椅子に座る。

「身元を確認できるものを見せていただけますか？」

「免許証ならここに」

お願いだから、と彼女を見るが、やはり目を合わせようとしなかった。

「あの……もういいです。わたし家に帰らないと。声かけられただけだから」

俯(うつむ)いたまま、彼女は言った。自分の嘘がばれるのが怖くなったのかもしれない。

「鞄(かばん)の中、見せていただけますか？　ポケットも」

素直に応じた。ハンカチ、スマートフォン、そして弁護士バッジ。

ギクリとした。

「あなた弁護士さん？」

なぜいつもタイミングが悪いのだろう。外し忘れた時に佐埜に見られ、ポケットに入れている時に警察官に怪しい人物として調べられている。

「あ、いえ。これはイミテーションです」

「イミテーション？」

「飲食店をやってます。これには事情があって」

父親に連絡すれば、バッジの理由を説明してくれるだろう。だが、家庭の事情など詳細を話さなければならない。もし、このことがきっかけで母親が月島の嘘に気づきでもしたら――。

「スマートフォンの中身も見せてもらってもいいですか？」

盗撮などの証拠が残っているとでも思ったのだろう。素直に出してロックを解除すると、年配の警察官が確認する。

「何も撮ってないです。様子がおかしいと思って声をかけただけなんです。勘違いだったなら謝ります」

「確かにおかしなものは撮ってないようですね」

「あの……、わたしも誤解したかもしれないし、本当にもういいです。それじゃあ」

「あ、君っ！」

警察官にとめられるのも無視して、彼女は逃げるように交番を出た。焦っていたらしく、通行人とまともにぶつかって転びそうになり、走っていく。

開いたままのドアから見えたのは、佐埜だった。目が合い、心臓に氷水を浴びせられたような気分になった。なぜ。どうして。

偶然通りかかっただけだと理解するまでに、時間がかかった。タイミングが悪いなんてよくあることだ。だが、よりによってという思いを拭えない。

目を逸らして早く行ってくれと願うが、なぜか佐埜は交番に入ってくる。全身から嫌な汗が吹き出し、暑いのか寒いのかわからなくなった。消えてしまいたい。

「あのー、なんかあったんですか？」

「どうかされました？」

「今の子が落としていきました。定期券みたいですけど」

佐埜はパスケースを机に置いた。ピンク色の、自殺とは無縁そうなかわいい柄だ。

「で、この人なんでここにいるんです？」

「知り合いですか？」

佐埜の視線は、机の上のものをザッとひと舐めした。弁護士バッジで察したらしい。

「待ち合わせの時間になっても来ないから。何？　あんた職質されてんの？」

待ち合わせなどしていない。助けてくれるつもりだろうか。でも、放っておいてほしい。

「女子高生にしつこくしてたらしくて、事情を聞いてたんですよ」

「だからあれは……っ、自殺でもするんじゃないかって思ったから」

「あなたは黙ってて。普段からそういう趣味があるとか聞いてません？」

若いからか、正義感ゆえの傲慢さを感じる言いかただった。惨めで情けなくてたまらなくなる。

けれども自業自得だ。お節介をした報いに他ならない。できないことをやろうとするから、こういう目に遭うのだ。

「あー、ないない。それはないですよ、お巡りさん。この人、男にしか興味ないから」

言いながら、佐埜は躰を寄せてきた。ドキリとする。初めて触れる佐埜の肉体は見た目以上に生命力が溢れていた。そして、不釣り合いに香る微かな死の匂い。

「じゃあ、この弁護士バッジは？」

「イミテーションを何に使うかくらい、想像できるでしょ？」

ゆっくりと、意味深に肩を撫でられた。性的なものを仄めかしている。

「コスプレっすよ、コスチュームプレイ。知ってんでしょ？　俺、弁護士先生に責められんの好きでさ、よく使うんだ」

屈み、耳元で「ね？」と同意を求めてくる。佐埜が本当にそういう趣味だと月島すら疑いたくなる芝居だった。

「そうだよねぇ、こんなこと言えないよね。ごめんね、月島さん。俺がわがまま言ったから妙な誤解を招いちゃって」

「まぁ、彼氏もいることですし、何かした証拠もないですから今日はもういいです。お帰りください」

いいんですか、と不服そうに言う若い部下を年配の警察官は手で軽く制した。

「じゃ、行こうか。月島さん」

「すみません。ご迷惑をおかけしました」

これでやっと解放される。安堵(あんど)とともに立ちあがり、交番を出ようとする。けれども佐埜から微かに漂う死の匂いに、ふと立ちどまった。彼女も同じ匂いをさせていた。かつては自分の母親も……。

「まだ何か?」

若い警察官のざらついた視線は、汚物を見るそれだった。誰にも理解されない。それでも自分の一部として抱えて生きるしかない月島は、きっとこれは間違いだと自分に言い聞かせながらも、勇気を出して訴えた。

「あの子、リストカットの痕がありました。彼女が定期券を取りにきた時にでも、自殺防止の相談窓口とか、お巡りさんから教えてあげてください」

「なるほど。彼女が左手首をずっと押さえてたのは、そういうことだったんですか。いや、失礼しました。これも職務なもんで」

お願いします、と頭をさげて交番を出る。

隣を歩く佐埜の気配に息がつまった。何をどう説明していいかわからない。

「あの、ありがとうございました。助かりました」

「なんで弁護士バッジなんか持ってるんですか？」

いきなり核心を衝かれて息を呑んだ。

「前にもスーツ着てバッジつけてましたよね？　弁護士のふりして合コンに出るタイプとは思えないし」

「助けてもらって感謝してます」

「お礼を言ってほしいんじゃなくて、聞いてるんです」

いったん踏み込むと容赦ない。

これまで佐埜は、強引に近づいてこようとはしなかった。牽制した時はすぐに引き下がった。それは逆も然りで、佐埜もどこか深く立ち入って欲しくないと思っている節があった。食事に招待したりもしたが、ある程度の距離は保っていた。

それでよかった。死の匂いを漂わせている男が何を抱えているか知らないほうがいいし、月島も自分が抱えているものを相手に背負わせたくない。

それなのに、打ち明けたくなった。心が病に冒された母親のために兄になりきり、母の前では兄として生きていることを、誰かに言ってしまいたくなった。

「佐埜さんは、超常現象みたいなもの……」

信じますか。俺を信じてくれますか。

そう聞こうとした瞬間、着信が入った。実家からだ。我に返り、佐埜に断りを入れてから電話に出る。

『何度も電話したんだぞ。母さんが待ってるのに連絡もしないで。何時に着くんだ？』

ナイフで斬りつけられた気分だった。

責めないでくれ。行くから。ちゃんと役割を果たすから。

「ごめん、ちょっとトラブルがあって。でももう解決したから。今から行けば夜には着くよ。遅くなって悪いけど、母さんに伝えといて」

『母さんがお前に何かあったんじゃないかって、さっきから落ち着かないんだ』

お前じゃなく、そらお兄ちゃんだよね。

疲れた心が反論する。実際に口に出すことはできなかった。そんな子供じみた真似(まね)をしても何も解決しない。

電話を切ると、冷静な自分がいた。何を血迷っていたのだろう。こんなことを佐埜に告白して、なんの意味があるのだろう。

「すみません、今日は実家に用事があって急がないと」

「今なんか言おうと……」

「いえ、なんでもないです。ほんとすみません。急いでるんで。じゃあ」

逃げるようにその場をあとにした。このまま本当に逃げてしまいたかった。実家からも、佐埜からも、死の匂いを嗅ぎ取れる能力からも。

実家から戻った月島は、疲れた躰を引き摺るように駅からの道を歩いていた。

一日がこんなに長く感じたことはない。特に実家にいる間は、兄を演じることがつらくて何度も時計を見たくなった。そういった態度に敏感に察する母の前で、何度自分を殺しただろうか。

どうして遅くなったの？　どうして心配かけるの？　どうして電話しなかったの？　そらの顔を見るまでお母さん気が気じゃなかったわ。事故にでも遭ったのかと思ったじゃないの。

次々と浴びせられる質問に一つ一つ答え、不満には謝罪の言葉を返した。少しずつ落ち着きを取り戻すのを根気強く待つのは耐えがたく、それでも耐えるしかなかった。

そら。そら。そら。

兄のことしか目に入っていない母親の言葉が、月島の心を削り取っていく。鋭い鉤裂きで引っ掻くように。皮膚が裂け、血が滲み、骨が露わになっても続く拷問みたいだった。それでもなんとかこなせた。耐えられた。次もきっとこなせるはずだ。

心を病に冒された母親のためにと、言い聞かせる。

自分の店が見えてくると、裏口の鍵を出した。早く部屋に戻りたい。戻って、一人になって、誰の目も届かないところで休みたい。しかし、裏口の前に人影があるのに気づく。

目で確かめるより先に匂いでわかった。かつて母が漂わせていたそれを纏っている。

「……佐埜さん」

なぜ彼がいるのだろう。

考える気力もなく、ただ呆然と立ち尽くした。すると、佐埜はゆっくりと近づいてくる。

「帰ってくるのを待ってました」

どうして。

言葉にならず、手にした鍵を見た。ちゃんとここに持ってるのに。

「俺にマスターキーを預けたんじゃないですよ。大丈夫ですか？」

「あ……」

間違えて鍵を渡したのは、ずっと前のことだ。頭がまったく働いていない。ぼんやりと佐埜を見て、じゃあなぜいるんだと聞いた。声に出したつもりだったが、現実ではなかった。それでも佐埜は月島が何を言おうとしたかわかったらしい。

「心配だったから待ってました」

「……平気、です。大丈夫。濡れ衣を着せられて……びっくりしただけです」

「そのことじゃないです。それだけだったら、ここまで打ちのめされてませんよね？」

答えられなかった。

生温かい空気に乗って、電車の音が聞こえてきた。カタンコトン、カタンコトン。静けさを損なわない日常の雑音は、どこか波の音にも似ていた。同じリズムで繰り返される音は、月島の心に響いてくる。月島の心をかき混ぜる。

「何か言おうとしてたのが気になって」

「別に……なんでもないです。大丈夫ですから」

「超常現象みたいなものって言いましたよね。それってどういう意味ですか？」

ギクリとした。

なぜあんなことを口にしたのだろう。よりによって死の匂いを漂わせる男に、自分の秘密を打ち明けることはないのに。

あれは間違いだったと自分に言い聞かせるが、呑み込んだ真実は小さな鉄粒のように心に蓄積していた。重くて、苦しくて、全部吐き出したらきっと楽になるだろう。

「信じるから」

たったひとことが、月の引力に導かれた波のように静かに、だが圧倒的な力をもって月島に迫ってくる。

「何を言われても信じるから」

もう一度言われ、きつく目を閉じた。

崩れていく。

砂の城が波に浸食されるように、秘密を守っていた防壁が溶けていく。これまで誰にも触れさせなかった場所だ。父親に否定されて以来、ずっと隠していた。

固く閉ざしていた扉をこうも簡単に開いてしまえるのは、佐埜も何か背負っているとわかるからだろうか。

「部屋、入れてくれますよね？」

反応できずにいると、そっと手を取られて鍵を奪われる。佐埜が裏口の鍵を開けるのをただ見ていることしかできなかった。

死んだ兄の想い出は、今も胸の奥に大事にしまっている。

いとおしくて手放しがたいのに、その記憶は月島を苦しめてもいた。想い出が美しいほど、失ったものの大きさに、失った悲しみに、押しつぶされそうになる。

よく思いだすのは、食卓を囲んだ時のことだ。

「そら、今日はあなたが好きなボルシチよ。勉強頑張ったから、お母さんもお料理張り切ったの。ロシア風水餃子もあるわ」

「わ、すごい！　ロシア料理が揃（そろ）ってる」

「すごいのはそらよ。全国模試、また十位以内だなんて簡単にできることじゃないわ」

「りくのおかげだよ。りくの夜食が美味しかったから、勉強頑張れたんだ。なぁ、りく」

「うん！」

兄は成績優秀だけでなくスポーツも万能で、何より優しかった。子供の頃から神童と呼ばれ、母の期待を一身に背負っても崩れることなく、優秀な結果にばかり目を向ける彼女を牽制するように食卓ではよく月島に話しかけてくれた。

兄が話題にすれば、母は弟も気にかけてくれる。

「りくもお兄ちゃんが大好きなのね」

「お茶漬け美味しかったな～。あれ、市販のだけじゃないだろ？」

「えっとね、海苔（のり）とごまを足したの。そしてね、残り物の鮭（しゃけ）と青じそを刻んで入れた」

「小学生でそれだけやれるなんてすごいな。りくが料理人になったら、きっとたくさんの人を幸せにできるよな」

「じゃあなる！」

「じゃあってなんだよ」

優しい兄。本当に大好きだった。兄はいつも月島を気にかけ、褒めてくれた。褒めてくれるのは兄だけだった。料理に興味を持ちはじめたのは、優秀な兄が本気で喜んでくれるからだ。こんな自分でも兄の力になれると思うと、喜びが湧いてくる。

「将来そらは国を動かすような人になるんでしょう？」

「それもいいけど弁護士になりたいんだ」

「そらならなんにだってなれるわ。これだけ優秀なんだもの」

「僕また夜食作ってあげる！」

「頼むな。りくの夜食楽しみだ」

次は何を作ろう。そう思っただけで心が躍った。兄の手で頭をくしゃっとされるのが、何より好きだった。けれども、交通事故が月島から最愛の兄を奪うことになる。しかも、弟を庇う（かば）という皮肉な形で。

あの時のことは忘れない。

きっかけは、月島が両親に滅多にしないおねだりをしたことだ。

「マウンテンバイク？」

「うん、そう。友達が持ってて、すごくかっこいいんだ」

よく遊ぶ三人のうち二人が持っていたが、もう一人も近々買うと言っていた。自分の古い自転車と違ってピカピカでスタイリッシュで、どうしても欲しくなった。

「自転車持ってるんだから、必要ないでしょう？　ねぇ、お父さん」

「そうだな。どうして欲しいんだ？　ちゃんとした理由があるなら考えるぞ」

「だから……すごくかっこいいから」

上手く気持ちを言えずに言葉を探していると、兄が塾から帰ってくる。

「ただいまー。あー、お腹空いた。あれ、みんなリビングに集まって何してるの？」

母親がいきさつを話すと兄は、広げられたパンフレットを覗き込んだ。

「へぇ、マウンテンバイクか。いいな」

「まだ小学四年生よ。ちょっと贅沢じゃない？　自転車は持ってるんだし」

「でも、俺のおさがりだよね」

両親ははじめこそ渋っていたが、兄が援護射撃してくれた。ただ欲しいと訴えることしかできなかった月島の横で、冷静に弟が普段どれだけイイ子か、なぜそれを買ってもらう権利があるのかを説明する。

「俺は買っていいと思うけど。りくは今の自転車大事に乗ったよな。十分使ったんだから、ものを粗末にしてるわけじゃない。新しいのが欲しくなって当然だよ。なぁ？」

そのひとことが決め手となり、買ってもらえることになった。

そして日曜の午後、家族四人で出かけた。専門店のウィンドウにはピカピカのマウンテンバイクが並んでいる。

「早く早くっ！」

嬉しくて兄を手招きしながら駆けていった。危ないわよ、と母の声がし、振り返ると少し後ろに兄、さらに離れたところに父と母の姿が見えた。欲しかったマウンテンバイクに心が躍る。帰りによく行くイタリアンレストランで食事をする予定で、食後のパフェも楽しみだった。しかし、幸せを絵に描いたような休日は、一瞬で奪われる。

居眠り運転の車だった。ブレーキがかけられないまま歩道に突っ込んでくる。自分に向かってくるそれは、スローモーションの映像を見るようだった。青ざめた兄の顔。りく、と口の動きで自分の名前を呼んだのがわかる。

鈍く低い音がしたかと思うと、次の瞬間、目の前は地面だった。

「そらっ、そらっ！」

見ると、母が兄に覆い被さりながら必死で起こそうとしていた。何が起きたのかすぐにわからず、呆然とする。父親が青ざめた顔で電話しているのが見えた。

「おにい、ちゃ……」

響き渡る母の悲痛な声に心が引き裂かれる。月島も軽い怪我(けが)を負っていたが、痛みは感じなかった。そこら中に満ちる悲しみに感覚が麻痺(まひ)したのかもしれない。広がる血だまりの中で動かなくなった兄を見ていると、心が押しつぶされそうだった。

僕がねだったから。

僕がマウンテンバイクが欲しいって言ったから。

それからのことはよく覚えていない。

わけがわからぬまま大人の言うとおりに通夜、葬式、と参列した。淡々と現実が進むことに心がついていかない。兄を溺愛していた母親は嘆き、悲しみ、兄が骨になって帰ってきた時は、抜け殻になっていた。話しかけても返事をしない。目は開いているのに、何も見ていない。どんなに声をかけても、揺さぶっても、反応しない。

僕がねだったから。

自責の念が繰り返される。

結局、マウンテンバイクは買ってもらわなかった。もう欲しくはなかった。本当に欲しかったのかすらわからなくなっていた。いらないから、兄を返してほしい。母をもとに戻してほしい。願いはそれだけだ。

初七日を迎え、四十九日が過ぎ、初盆が来て、一周忌が目の前に迫っても母の状態は改善しない。

「りく、母さんは病気なんだ」

父にそう言われたが、小学生の月島はそれがどんな状態なのかよく理解できなかった。兄を失った悲しみが癒えないうちに、母親まで失いそうになる。それは、月島にとって恐ろしいことだった。

そして、ちょうどその頃。母が特別な匂いを漂わせていることに気づく。

青竹の匂いと雨が降る直前の湿った空気の匂い。そしてラベンダー。

特に調子が悪い時は、はっきりと匂った。父親に訴えたが、叱られただけだった。息子の死と妻の通院、家事、残った息子の世話。あらゆるものが重荷となっていたのだろう。月島も口にしてはいけないのだと、子供心に悟った。そして大好きな兄を失った幼い心のケアがされないまま、二年、三年と過ぎていく。

男子高生の飛び込み自殺をきっかけにそれがなんの匂いなのかわかり、複雑な香気に対する恐怖は増したが、高校に入学する頃、大きな変化が訪れる。

「そら?」

ブレザーを初めて着た日だった。久しぶりに聞く母の弾んだ声が、背後から聞こえてきた。鏡越しに目が合っても、弟だとは気づかない。期待に満ちた目で見ている。

「母さん」

それまで、お母さんと呼んでいた月島は、咄嗟（とっさ）に兄と同じ呼びかたで振り返った。兄を真似（まね）て呼んだ。その瞬間から、彼女の目に光が戻る。

「そら。そら……っ。もう、どこ行ってたの、心配したのよ」

抱きついてくる母は、いつの間にか自分よりずっと背が低くなっていた。しかし、抱き締めてくる腕の力は強く、母がどれだけ兄を望んでいるのか嫌というほど知らされた。

「ごめん、ちょっと出かけてた」

「そう、戻ってきてくれてよかった」

胸のところから聞こえるくぐもった声は、穏やかだった。いつも漂っていた死の匂いも消えている。久しぶりに母の本当の匂いを嗅いだ。

「来週はりくの七回忌よ。大好きなお兄ちゃんがいないと、りくが寂しがるわ」

母の中で死んだのが自分になっていると知った瞬間、風化した岩肌のように月島の心はボロボロと崩れていった。砂と化し、風に吹かれるとあっという間に散ってしまう。

自分の躰が消えていくようだった。いや、躰だけじゃない。存在そのものが。

「うん、そうだね。りくを弔わないとね」

父親がその場にいたら、どう言っただろう。訂正してくれただろうか。それとも、月島と同じ判断をしただろうか。一度始めた嘘は、つき通さなければならない。

だって、俺のせいだから。

覚悟をし、自分が兄の身長に追いついていたことに時間の経過を感じた。


「それで、自分を葬ったんですか？」

佐埜の言葉は、思いのほか胸に響いた。自分を葬る。そうかもしれない。

「こんな話……」

「信じますよ。信じられないけど、嘘つくような人じゃないでしょ」

父親すら聞いてくれなかった話を手放しに信じてくれる人がいるだけで、救われた。この秘密を抱えて何年も経った。

「誰にも言えなくてつらかったですね」

涙を見られたくなくて、俯いて顔を隠す。すると佐埜は、部屋の灯りを消した。

「いいですよ。見ないから全部吐き出せばいい」

「……兄が、大好きだったんです。俺も」

兄の死を嘆いているのは、母親だけではない。月島も大事な人を失ってつらかった。けれども母の凄絶な悲しみに圧倒され、子供だった月島は自分の感情を閉じ込めた。それは時の流れに癒やされることなく、今も当時の鮮烈さを損なわずに存在している。

優しくて、いつも見てくれた。兄ばかり見る母親を前に、自分が透明人間になったような気持ちに陥ることもあったが、兄のおかげで存在していられた。自分がちゃんとそこにいるのだと、認識できた。それなのに、泣くこともできないまま母のために兄を装い、擬態した。母の思い描く兄の成長どおりに、自分を偽った。

「俺のせいで……っ、俺がマウンテンバイクが欲しいって言ったから……」

事故の瞬間が蘇ってくる。

向かってくる車。兄の声。衝撃。生温かい液体。それが兄の血だとわかったのと同時に、割れた頭部にショックを受けた。

これまで、事故の瞬間を思いだしはしなかった。母同様、兄の死を受け入れられなかったのかもしれない。だから無意識に兄を失った瞬間の記憶を封じ、母親の夢に便乗したのだろう。

だが、今は目の前で起きたことを鮮明に思いだせる。

「お兄ちゃんが……っ、そらお兄ちゃんが死んだ。目の前で……俺を庇って死んだ。なんで……っ」

とめられなかった。

本当は自分が死んだかもしれないのに。本当は自分が死んだほうがよかったのかもしれないのに。

「あんたのせいじゃない」

「でもっ、俺を庇ったりしなかったら、マウンテンバイクを買いに行かなかったらっ、今もっ、生きてたのに……っ」

兄の笑顔を思いだし、目の奥から、鼻の奥から、喉の奥から、次々と熱いものが込みあげてくる。経験した喪失が熱となって躰から溢れてくる。

「……会いたい」

訴えると、頭にそっと手を回されて抱き締められた。背中を軽く叩(たた)かれ、感情がとめどなく溢れる。これまで誰も受けとめてくれなかった。悲しみをぶつける先がなかった。

「うう……っ、う……っく、……お兄ちゃ……、会いたい……、そらお兄ちゃ……ん」

「悲しかった？」

何度も頷（うなず）くと、さらに聞かれる。

「つらかった？」

また頷く。

二度と会えなくなった人。りく、と自分を呼ぶ兄の声が蘇ってきて、どうしようもなく会いたくなった。消え入りそうな声で言う。

「寂しい……、会いたいよ」

今まで言えなかった言葉を隠すには、部屋はあまりにも静かだった。


寝てしまった月島の顔に、月光が差していた。薄いカーテンをすり抜けて差し込む月の光は夜とは思えないほど明るい。

佐埜は月島の手にできた小さな火傷（やけど）の痕に視線を移した。料理の時に油が撥（は）ねたのだろう。熱いおにぎりをいつもにぎっているからか、手は全体の印象よりずっと大きく、がっしりして

いる。けれども、佐埜の日焼けした手とも違った。

働く男の手を美しいと感じたのは、月島が初めてだ。

死の匂いを嗅ぎ取れるなんて突拍子もない話をすんなりと受け入れているのが、自分でも不思議だった。だが、佐埜に言わせると、月島が嘘をついているとも思えない。

死の匂いは実際は存在していなくて、目つきや態度から敏感に感じ取って無意識に匂いと認識しているのかもしれない。子供の頃から心が死んでしまった母親の傍にいたのなら、他人が発するSOSに反応してもおかしくはない。それを匂いと認識しているだけなら、十分にあり得る。

『あの子、リストカットの痕がありました。彼女が定期券を取りにきた時にでも、自殺防止の相談窓口とか、お巡りさんから教えてあげてください』

佐埜は、交番での月島の言葉を思いだしていた。

切実な目が印象的だった。助けてやってくれと訴える月島は、他人の痛みを自分のことのように感じられる人だ。あそこまで本気になれるなんて、純粋だと思う。

放っておけなかった。死にそうな顔でなんでもないと言う月島に「そうですか」と言えなかった。妹もよく、なんでもないと言った。大丈夫だと。平気だと。

どうして関わってしまったのだろうという後悔と、関わらずにはいられなかったという諦めが同時に存在していた。はじめからこうなる予感を抱いていた気もする。

月島と出会うまでは、ただ生きているだけだった。生きるために食べる。それだけだった。美味しいとか美味しくないとか、考えたことはない。命を繋ぐための行為でしかなかった。空腹が当たり前だった子供の頃の影響なのかもしれない。

チラシを見つけると手に取った。目が覚めた時、月島の心が少しでも明るくいられるようにと、折りはじめる。

半分に折り、開いてまた半分に折り、畳み、先端を合わせて折り、また開いて畳む。

目が覚めた月島がこれを見て、少しでも慰められたらいいと思う。

救えなかった妹の代わりなのだろうか。

3

目が覚めた時に傍に置かれていた折り紙は、店にではなく二階の部屋に飾った。毎朝起きると窓から降り注ぐ光に照らされながら、おはようと声をかけてくる。自分以外の誰の目にもとまらないだけで、特別な感じがする。

佐埜の前で泣きじゃくってから三日が経っていた。泣き疲れて寝るなんて、大の大人が恥ずかしい。けれども気持ちが少し楽になったのは確かだ。

あれほど打ちのめされていたのに、今はまた客を笑顔で迎え、注文をこなし、夜は配達をしている。それまでと変わらず、喜びを感じられている。ちゃんと笑えている。

大丈夫。

気負わずそう言えるのは、佐埜のおかげだ。

「さて、そろそろ行くか」

洗濯などの雑用を片づけた月島は、キッチンカーでスーパーに買いだしに出かけた。

今日は店休日を利用し、新作のおにぎりを開発する予定だ。取り寄せたスパイスを使った変わり種はもちろん、栗やきのこを具材にした秋限定の定番おにぎりも出してみようかと思っている。

買いものを終えるといったん店に戻って荷物を下ろし、歩いて商店街のお茶専門店に向かった。何種類かの茶葉を購入して店を出ると、佐埜がこちらに歩いてくるのが見える。

なんて言っていいかわからず立ちどまったが、その長い足はあっという間に二人の距離を縮め、言葉を見つけるより早く声をかけられる。

「どうも」

「こんにちは。えっと、この前は……」

恥ずかしくて、目が合わせられない。佐埜のスニーカーの汚れに助けを求めた。長年のつき合いをさりげなく仄めかすそれは、洗いざらしのTシャツと相俟って、着るものには頓着しない、しなくても十分な魅力がある男だと証明しているようだ。

「元気そうでよかったです」

「えっと、帰り遅くなったでしょう？　その……仕事に差し支えなかったですか？」

「家近いし」

「あの……折り紙も、ありがとうございます。起きたらおんぶバッタの親子がこっち見てるんで、思わず笑っちゃいました。時間かかったんじゃないですか？」

「あんたがあんまり泣くから」

カッと顔が熱くなる。

少し困ったような口調に、自分のほうが年下になった気分だった。青竹と雨、そしてラベンダーの微かな香りが、月島にことさらそう感じさせた。どんな経験が、佐埜をこんなふうにしたのだろう。

思いきって顔をあげると、その視線はまったく別のほうを向いていた。誰か探すように、辺りを見回している。遠くに目を遣る佐埜のえら骨から顎にかけてのラインを素直に美しいと思った。初めて会った時もこの直線に視線を奪われたのを覚えている。

「声がする」

「え？」

「赤ん坊か、子猫」

耳を澄ますと、確かに高い声がした。頼りなく、商店街の喧噪にすぐ掻き消されてしまう。目を閉じ、もう一度声を探した。けれども聞こえない。

「途切れたな」

「どっちから聞こえました？」

「路地のほうです」

「赤ちゃんですかね。車の中に閉じ込められてるとか？」

締めきった車内なら、すぐに熱中症になるだろう。この時期に見る悲しいニュースを思いだし、路地を入っていく佐埜についていった。喧噪が遠のくと、また聞こえる。

「あ、今聞こえました」

「ニャアって言ったな」

「じゃあやっぱり猫ですか？」

「多分」

佐埜は跪き、頭を低い位置にして声の出所を探しはじめた。月島もそれに倣う。

店の間の狭い隙間や側溝の中を見るが、どこにも見当たらなかった。排水溝を見つけ、地べたに這いつくばって耳を澄ます。

「あ、この辺かも」

「月島さん、声をつけててください」

佐埜は排水溝の蓋を開けると、スマートフォンの録画機能を使って奥に猫がいないか確かめた。だが、何度試しても何も映らない。

「いないですね」

「違う場所って可能性もあるな。排水溝はあちこちに張り巡らせてあるから、音が回るんですよ」

「そんな……」

確かに聞こえるのに、場所がわからない。姿を確認しなければ消防も来てくれないだろう。

男二人で路地に這いつくばっているからか、通行人が怪訝そうに見ていく。店の中から様子を窺（うかが）う人もいたが、佐埜はまったく気にしていない。

　足をとめていく者が出はじめ、数人集まってきた。事情を聞かれて説明すると、一緒に探しはじめる人も出てくる。さらに、トミが話を聞きつけてやってきた。商店街の情報網はさすがだ。

「よぉ、折り紙の兄ちゃんもいるのか。子猫だって？」

「どうも。この奥にいると思うんですけど声しか確認できなくて」

「カツオ節かなんか持ってきてやろうか？」

「頼みます」

　排水溝の蓋を片っ端から開けていき、奥に手を伸ばして動画を撮っていると最初に声を聞いたところから随分離れた場所で黒い影が映り込む。

「あ、これじゃないですか？」

　確かに子猫だった。手の届かない場所にいる。佐埜が直接排水溝を覗（のぞ）いた。

「あ、くそ。奥に逃げた」

「どこに繋（つな）がってるか確かめないと」

　急に空が不機嫌になった。湿度の高い暖かい空気が雨雲を連れてくる。空がゴロゴロと唸（うな）った。百獣の王の到来に森の動物たちが息を潜めて巣穴に隠れるように、騒がしかった蝉（せみ）がピタリと黙る。

「あんなに晴れてたのに」

　あまり時間はかけられない。小さな猫だ。大雨が降れば水が迫ってきて溺れるかもしれない。そうでなくとも濡れれば体温がさがって死に繋がる。

　ポツリと、アスファルトに染みができた。

「雨だ」

「くそ、なんで届かねぇんだよ」

　トミが持ってきたカツオ節も効果はなかった。近くの店主がかまぼこをくれたが、それも空振りだ。怯えている動物に食べものを見せても駄目なのだろう。

　バラバラバラ……ッ、と雨が軒を叩く音がして、大粒の雨が降ってくる。夏の終わりらしい、一粒一粒が重く感じるまとまった雨だった。見物人の八割ほどが逃げていく。それでも佐埜は諦めようとはせず、地面に膝をついたままだった。なんとか子猫を助けようと、排水溝の奥に手を伸ばしている。

「トミさん、これ使ったら？　うちの子のだから破れてもいいわよ」

　中年女性が虫取り網を持ってきた。慎重にそれを排水溝に突っ込む佐埜を祈りながら凝視する。お願い。頼む。網に入ってくれ。

　雨が勢いを増した。それに抵抗するかのように、ミィ、とはっきり声が聞こえる。

「おっし！」

佐埜が急いで網を引き抜くと、中に泥だらけの子猫が入っていた。

「おー、やったな。折り紙の兄ちゃん！」

「よかった～。ずぶ濡れだけど元気そう」

「汚ねぇな、お前」

シャツが汚れるのも構わず、笑いながら子猫を抱きあげる佐埜に見物人から拍手があがる。急いで排水溝の蓋をもとに戻して軒下に避難した。

「親猫もいないみたいですし、どうしましょう」

佐埜に聞くとペット不可のアパートらしい。月島も一階が飲食店で動物を飼える環境ではない。見物人の中にも手を挙げる者はおらず里親捜しを覚悟したが、加世子（かよこ）なら引き受けてくれるとトミが言う。

「でも、面倒を押しつけるのは」

「いいっていいって。前にも首輪つけた迷い猫を捕まえて飼い主探してたからな。あとで知ったらなんで自分に連絡しなかったのかって俺が怒られんだから」

トミが電話をすると、二つ返事で引き受けるという。

「今日は用事で出かけてるらしいから、明日まで預かってくれって」

「いいんですか？　里親捜しは俺もしますって伝えてください」

加世子が明日引き取りに来るまでの世話を月島がすることになった。ずぶ濡れの子猫を温めるためにいったん自宅に戻る。その間に佐埜はアパートで着替え、猫砂などを買い込んで月島のところに来た。排水溝の中では餌に釣られなかったが、猫用の缶詰を出すとニャンニャンと鳴きながらガツガツ食べる。よほどお腹が空いていたのだろう。

「チビのくせによく喰うな」

「これで安心だね。チビちゃん」

バスタオルで作った簡易ベッドで眠る子猫を見て、ようやく人心地がついた。

「今さらだけど、月島さんなんか用事あったんじゃ」

「別に急ぎの用じゃなかったから平気ですよ」

もう夕方だ。これからメニューを考案してもよかったが、正直クタクタだ。炎天下、地面を這いつくばって子猫を探し、急な雨に打たれ、慣れない猫の世話をした。あとはゆっくりしたい。

「腹減ったし飯でも行くか」

「え?」

反応すると、意外そうな佐埜と目が合った。独り言だったらしい。誘われてもいないのに返事をしたのが恥ずかしく、目を逸らして誤魔化す。

「俺もご飯食べようっと」

「――ぶっ」

笑われ、じわじわと顔が熱くなる。

「何だよその取り繕いかた」

「佐埜さんの言いかたが！」

「飯行こうか」

サラリとタメ口で誘われ、トクンと心臓が跳ねた。些細（ささい）なことなのに、なぜこんなに心がざわつくのだろう。

それまで眺めるだけだった外の世界に、足を踏み出したみたいだった。安全で住み慣れた場所からわざわざ離れ、まだ見ぬものに触れようとしている。危険が伴うとわかっていても、こぎ出さずにはいられない。どこか前向きな気持ちで、冒険に出る少年のような期待すらあった。

死を裏づける香りを纏（まと）う相手に近づこうとしているのに。

長年自分を縛っていた誓いが、破られようとしていた。いや、とっくに破っていたのかもしれない。

佐埜に自分の苦しみを訴えたあの夜から。もしくはもっと前から。

佐埜と向かったのは、商店街から少し離れた場所にある定食屋だった。昔ながらといった雰囲気で、値段も抑えてある。厨房にいるのは短く刈り込んだ白髪の男性だ。夫婦だろうか。注文を取りに来たのは同い歳くらいの優しそうな女性だった。

彼女にチキン南蛮がお勧めと言われ、二人とも同じものを注文する。

「佐埜さんが猫好きだったなんて意外でした」

「別に好きってわけじゃない。動物は飼ったことないから扱いかたもわかんねぇし」

「え、そうなんですか。あんなに一所懸命探すから、てっきり猫好きかと」

「ああいうのはほっとけないっつーか。弱っちいから。手ぇ出さなきゃ死ぬし」

「優しいんですね」

「俺につき合ったあんたが言うか」

「俺は動物が結構好きだから」

妹のために折り紙を覚えた佐埜は、店でぐずっていた女の子のために折り紙を折り、側溝に落ちた子猫を泥だらけになって捜索する。弱い者に対して見せる惜しみない優しさに、秘密を話す相手がなぜ佐埜だったのかわかった気がした。

「それよりもう敬語はいいだろ。あんたのほうが年上なんだし」

「え？　そ、そうですね。あ、そうだね」

「ぷっ、なんだよそれ」

ふいに距離を縮められた気がした。季節が移ろうように自然に、違和感を抱かせずタメ口になった佐埜とは違い、意気込んでしまう。

「佐埜さんのほうが年上っぽいけど」

「俺は普通。あんたが子供っぽいんだよ。折り紙なんて喜ぶのあんたくらいだって」

「あんなもん程度じゃないから喜んでるのに。写真撮っていくお客さんも多いし、佐埜君は自分の才能をもうちょっと自覚していいと思うんだよね」

わざと君づけで呼ぶと、佐埜は視線をチラリとあげた。ふふん、と自慢げに見下ろしてやる。

「だって俺が年上だし」

「そういうとこがガキなんだよ」

佐埜君呼びが気に入った。呆れたように笑われる。

チキン南蛮が運ばれてきた。見た瞬間、食欲を刺激される。

「わ、美味しそう」

金色の衣は輝き、たっぷりのタルタルソースがかかっていた。お洒落とは無縁の、文句があるかとばかりに皿の上にでんと載っているそれは、誰の腹でも十分に満たせるという自信すら溢れていた。カロリーなど気にしようものなら、一昨日来やがれと追い返されそうだ。いただきます、と言う佐埜に続き、さっそく箸を割る。

「ん！　美味しい！」

ひと口食べただけで感動した。卵を絡めた衣にはたっぷり甘酢が染み、肉質は柔らかく、噛むと鶏の旨味が溢れてくる。惜しみなくかけられたタルタルソースには、タマネギやピクルスがふんだんに使われていた。何より甘さと酸味のバランスが絶妙で、ご飯のおかずとして王様級だ。ボリュームがあるのにどんどん進む。

「旨いな。この店いつも閉まってるから、味は期待してなかったんだけど」

「え、美味しいから来たんじゃなかったの？」

「俺はボリューム重視だからな。旨い店もあんまり知らねぇし。『そらのテーブル』くらいだよ。通ってんの」

嬉しいことをサラリと言ってくれる。

「なんだろ、このタルタル。隠し味が入ってる。味噌かな」

「喰っただけでわかるのか。さすがだな」

「チキン南蛮って店によって全然違うけど、今まで食べた中で一番美味しい」

半分ほど食べたところで店主がカウンター越しに話しかけてきた。

「美味しい美味しいって言って食べる人がいると作りがいがあるねぇ。学生さん？」

「いえ、もうとっくに社会人です。これすごく美味しいです。こんなにボリュームがあるのに全然重くなくて」

「そんなに褒められたら嬉しいなぁ」

「ほんと旨いですよ。でも滅多に店開けてないですよね？」

佐埜が最後のひと口を胃に収めた。あっという間だ。その食べっぷりがすべてを表している。

「躰もきついしねぇ、俺も歳だからできれば働きたくないんだけど、稼がないと生きてけないから」

客の前で堂々と働きたくないと言う料理人は初めてだ。聞くと、ここで三十年以上店を続けているという。

「年季が違いますね」

「普通だよ。俺はこだわりなんてたいそうなもんはないし」

「え、そうなんですか。こんなに美味しいのに。下処理に時間かけてるとか？」

「そんなことしねぇよ。お肉さんの潜在能力に頼りきりだ。材料なんてどこでも売ってるようなもんしか使ってないからね」

お肉さんの潜在能力。

自分ならついあれこれ手を加えてしまうのに、いい具合に肩の力が抜けているのかもしれない。何せこだわりがないと言いながら、このクオリティの料理を出すのだ。ごく普通の誰にでも手に入れられる材料で。

「俺も働きたくないって言いながらこれだけの料理作れたらな～」

思わず本音を漏らすと「わっはっはっ！」と笑われた。

それから急に店内が混みはじめ、店主は再び厨房に消えた。不定期にしか店を開けないにもかかわらず、この集客はさすがだ。急いで残りを掻き込んで席を空ける。

「あ〜、美味しかった〜」

「適当に選んだだけなのに当たりの店だったな」

「もうお腹いっぱい。こんな店があるなんて知らなかった」

店を出ると、外はすっかり暗くなっていた。

昼間は残暑が厳しいが、この時間になるとグッと秋の気配が濃くなる。どこからか鈴虫の声も聞こえ、草むらに潜む小さな命に癒やされた。美味しいものを食べ、秋の気配漂う夜道を歩いているだけで疲れが躰から抜けていく。

こういう時間に身を委ねていると、素直に言葉が出てくるから不思議だ。

「実はそろそろ秋の新作おにぎりを出そうかと思って。今日は新しいメニューの試作品を作る予定だったんだ」

「悪かったな。俺につき合わせて」

「あ、ごめん。そういう意味じゃなくて」

「試食しろって言ってんの？」

「佐埜君がよければだけど」

「来週になったら仕事がいったん落ち着く」

「じゃあ、来週の水曜はどう？」

「腹空かせとくよ」

嬉しかった。新しいメニューを考える時に誰かに協力してもらうのは初めてだ。たったそれだけのことなのに、今から来週が待ち遠しくてたまらない。

「そろそろ帰ろう。チビちゃんも置いてきたし」

「あいつ洗ったら綺麗な色してたな」

「見て帰る？」

「いや、情が移るからやめとくよ」

動物には興味がないと言いながら情が移るだなんて。

口元に笑みが浮かんだ。佐埜といると、こんなふうに笑うことが多い気がする。

「俺、こっちだから」

右の道を指差す佐埜と「おやすみ」と言い合い、手を軽く挙げた。

別れ際に死の匂いが鼻を掠め、胸の奥が真空になったかのようにギュッとつまる。

闇に消えていく佐埜の背中は広く、逞しかった。弱い者を護ることはあっても、護られる側には見えない。それなのに、街灯がポツポツとついている夜道を歩いていく背中を見ていると、追いかけて抱き締めたくなった。地球という惑星にたった一人取り残された人類のように、どこか孤独で儚い。

なぜ佐埜がそんな匂いを漂わせているのか、これまで以上に知りたくなった。それは単なる興味の範囲を超えていた。

触れてはいけないとわかっているが、心のどこかに触れたがっている自分がいる。

佐埜の背中が見えなくなると、夜空を見上げた。今日も月が綺麗だった。自分の中に潮騒を感じる。凪の海のように穏やかで静かだが、寄せては返す波の音は途切れることはなかった。

ザザ、ザザ、と同じ調子で月島の心を掻き乱す。

まただ。

静かに、けれどもやむことはないその音は、いつまでも月島の中に響いていた。

新作のおにぎりを並べたカウンター席に、佐埜は一人で座っていた。今日は店休日だが、朝から厨房はいい匂いが立ち籠めている。

店内に佐埜だけがいる景色は新鮮だった。試食のためとはいえ、こんなふうに一人をもてなしたことはなく、少しワクワクする。

「猫の里親見つかったって？」

「うん、あっさりだった。加世子さんさすがだよ。顔が広いっていうか、俺たちの出る幕なかったね」

「なんかお礼しないとな。もとは俺が見つけたんだし」

ひと口サイズのおにぎりを作り、小皿を渡した。秋の定番、きのこご飯と栗ご飯だ。

「普通にすごく旨い」

「何その日本語。普通なのかすごくなのかわからないよ」

「普通なのにすごく旨い。素朴っていうか」

普通なのに美味しいなんて狙いどおりだ。変わり種とは区別して、定番はどこにでもあるような、だけどなぜか食べたくなる味を目指している。

「雑穀米を混ぜたんだ。もちきびとか。ひじきが入ったパターンもあるけど、どっちがいいかな?」

「どっちもいい」

「どっちもは駄目だよ。どっちか選んでくれないと」

「ひじきが入ったほう」

「適当に言ってない?」

「言った」

「えー、何それ。それじゃあどっちもいいと同じだろ」

「究極の選択だから」

「う……」

思わず唸ったのは、さりげなくグッとくる言葉で褒めてくれるからだ。人たらしだな、といちいち言葉に反応してしまう自分を宥めた。悪女に振り回されている気分だ。

「見た目はひじき入ったほうが健康的だよな」

「そうなんだよね。あ、それでね、こっちが一緒に炊き込んだほうで、こっちがあとで混ぜたほう」

「きのこは一緒に炊き込んでるのか？」

「うんそう。ひじきだけあとで混ぜるんだ。炊き込みご飯は塩味をほとんどつけないで、ひじきに味つけしてるんだ」

「あとで混ぜたほうがいいな。ひじきの塩味がアクセントになって飽きない。なんだよこれいくらでもいけるな。おかわり」

「あるけど、他にもたくさん食べてもらいたいのがあるから」

「俺の胃袋を舐めるな。全部喰ってやるよ」

親指の腹についた飯粒を食べる佐埜の仕草にドキリとする。唇の間からチラリと覗いた赤い舌先に性的なものを感じた。自分にはない魅力に憧憬と軽い嫉妬を覚える。

「あ、えー……っと、じゃあ、次は変わり種。パクチーが好評だからアジアンな感じのやつをと思って、バインミーふうとかいろいろ作ってみたんだけど」

味つけした豚肉やなますを混ぜ込んだおにぎりは、以前食べ歩きした時に出会った具材を参考にしたものだ。

　佐埜の口元を凝視してしまうのは、今日一番の目玉だからだ。

「うっわ！」

「え、美味しくない？」

「旨い」

「なんだびっくりした。パクチー入れてもよかったんだけど、三つ葉にしてみたんだ。セリヴァージョンもあるけど、どっちがいいかな」

「俺は三つ葉だな」

　ひと口サイズとはいえ、いくつもおにぎりを食べる佐埜の胃袋はどうなっているんだろうと思う。他にも豆やローストチキンのおにぎりを出したが、佐埜が気に入ったのはラム肉と数種類のスパイスを使ったおにぎりだった。レモングラスがアクセントになっていて、月島も心のどこかでこれだと決めていたものだ。

「やっぱりラムか」

「ラムだろ。こっちのバインミーふうのやつとラム。決まりだよ」

「松の実をカシューナッツにしたヴァージョンもあるんだけど」

「これはこれでありだな。ゴロゴロ入ってるから最初違和感があるけど癖になる。でも好き嫌い分かれそうだな」

「じゃあ、砕いて入れるのは？」

「なら松の実でいいだろ。カシューナッツにするならこのゴロゴロは外せねぇだろ」

佐埜の意見を聞きながら何度か作り直した。佐埜がズバズバ言ってくれるおかげで、多少未練が残るレシピをあっさり捨てられる。

迷った時は佐埜だ。

「じゃあ、栗ご飯はこのままでいいとして、きのこご飯はひじきのあと混ぜヴァージョンかな。あと変わり種はこの二つに決めよう」

最後の確認のために自分用に小さくにぎった。佐埜からはお気に入りのおにぎりを四つ要求される。店で出すのと同じように、汁物とつけ合わせをトレイに載せてボックス席へ移動した。

「は～、終わった。もう五時間もやってる。ずっと食べ続けてしんどくない？」

「ちっこいのちょこちょこ喰ってただけだろ。いただきます」

佐埜は新しいメニューで揃(そろ)えたおにぎりセットを前にすると、手を合わせた。今日初めての食事みたいな食べかたをする佐埜を見ていると、元気が出てくる。ペースがまったく落ちていない。

「よく食べるね」

「まだ腹半分くらい残ってるよ」

「え、嘘(うそ)。すごい。やっぱり若いね」

「だからあんたいくつだよ」

笑われ、月島も破顔した。

「ねえ、佐埜君」

「ん？」

「この前はありがとう」

一瞬、佐埜の動きがとまった。再びおにぎりを食べはじめるが、聞こえなかったわけでないのはわかる。

ずっと思っていた。ちゃんと伝えなければ、と。

子供のように泣きじゃくったのが恥ずかしく、この言葉を抱えたままだった。だが、ようやく取り出せた。

佐埜が食べるのをやめないからか、気負わず言葉が出てくる。

「少し楽になったよ」

「そうか」

「佐埜君のおかげだ」

あれから父親とは話をした。遅れたことを咎めてすまなかったと謝罪された。あの時は月島を心配しながらも、取り乱す妻に焦っていたという。それだけで十分だった。

「ずっと一緒に暮らしてサポートをしてると、きっと心が疲れるんだろうね。忙しいって漢字は『心を亡くす』って書くだろ？　父さんもすごく頑張ってるんだ」

「あんたがそう思えるなら、そうなんだろ」

「うん」

「いつかお袋さんにちゃんと自分だって言えるといいな」

　ハッとした。

　これまでもこれからも、母親の前では兄でいようとしていた。諦めの中にいた。それは延々と続く闇を歩いているのと同じで、終わりがなく、果てしなく続くつらい旅だった。だが、佐埜はこの暗がりが永遠のものではないと言う。

「ほんと、そうだよね。うん、ほんとにそうだ」

　そんな日が来るかはわからない。だが、来るといい。

　やはり、佐埜は月だ。

　暗がりをほんのりと照らすそれに、自分の進むべき道がうっすらと浮かんでくる。目を凝らさなければ見えないものだ。それでも、確かに続く道はあると信じられる。だから、生きていられる。

　なぜ佐埜の言葉はこんなにも胸に響くのだろう。

　その時、ふと、厨房にいた時には感じなかった死の匂いが鼻を掠めた。他人に希望を与えておきながら、まだ消えぬそれの存在を憂う。

母がかつて漂わせていたのと同じ匂いが佐埜からするとは、伝えていなかった。

佐埜君は何を抱えているんだ？

そう聞いてしまいたい。自分が楽になったように、佐埜も楽になってほしい。自分と出会ったことが佐埜の人生にいい影響を与えられるといい。そんな存在になりたい。

「ねぇ、佐埜君。折り紙教えて」

「子供かよ」

口元を緩める佐埜は、お兄ちゃんの顔だった。死んだ兄を思いだし、佐埜の妹もこんな顔を見てきたんだろうかと想像する。

「今度な」

「駄目。今」

「子供かよ」

二度も同じことを言われて笑った。もう一度せがむ。買っておいた折り紙を見せると根負けしたように、けれどもどこか嬉しそうな顔でそれに手を伸ばした。

ごちそうさま、と言って食事のトレイを脇に置き、一枚ずつ手に取る。

「じゃあ比較的簡単なやつな。まずは……」

佐埜の手元を見ながら、真似(まね)をする。

四角に折り、開いて先を合わせて中に折り、裏返しにしてまた折り目をつけた。何ができるか明かされないまま、折ったり開いたりを繰り返す。複雑すぎて、あっという間に手順を見失った。それでも佐埜のあとを追う。

佐埜の指先が奏でる命の旋律は、次第にはっきりと姿を現しはじめた。羽と思っていた箇所は小さくなり、頭と思っていた部分はグッと伸びて予想とはまったく違う姿に変化する。

「あれ、俺のなんか違わない？」

「どこで間違ったんだよ。料理はできるくせに不器用だな」

形にならない月島のとは違い、佐埜の手元では命が生まれようとしていた。

タツノオトシゴだ。

月島は、子供の頃に読んだ絵本を思いだした。

鱗（うろこ）に覆われ、海を漂う小さな生き物が月に恋をする話だ。いつも独りぼっちだった彼は、太陽が消えると海の底を優しく照らす月に人知れず恋心を抱く。言葉も交わせず、手も届かない。月の引力により生まれる潮の満ち引きに身を任せることが、小さな彼の唯一の恋文だった。想いが届きますように。いつか気づいてくれますように。

ゆらゆら、ゆらゆら。揺れながらそっと願った。

そしてある日、奇跡が起きる。月光が特別に明るいある夜、月が海に落ちてくるのだ。海中は月の光でいっぱいになり、眩（まぶ）しくて、怖くて誰も近づけない。けれどもいつも月を見上げていた小さな彼は、そっと近づいていく。

空には月が落ちてきた光の滴がまだ見えており、それを登れば帰れると教える。けれども、月は帰りたくないと言う。空に浮かぶ月もまた孤独だったのだ。

そこで小さな彼は、月のために海の生き物に呼びかけて一晩だけのダンスパーティーを開いた。優しい光に包まれたまま、小さな彼は月とのダンスを楽しむのだ。

楽しい想い出を作った月は、自分の光は夜ごと生き物たちを照らしていたことを知り、孤独から解放されて空に戻っていく。

今でも忘れられない大好きな絵本だ。

「わ、すごい。俺のはやっぱりなんか違う」

「あんたのはここんとこを短くしすぎたんだよ。ほら、できた」

佐埜の手の中には、完成したタツノオトシゴがいた。

ささやかな奇跡を目の当たりにしながら、佐埜にもそれが起きますようにと願いを込めた。奇跡が起きて、佐埜が死の匂いから解放されますように。

月に願いを込めて、いつまでもいつまでも海を漂う小さな生き物のように、月島も祈りを捧げた。佐埜のためにずっと捧げ続けようと思った。

死の匂いがすっかり消えるまで。

佐埜に試食してもらった新メニューは大好評だった。調味料の分量を変え、具材を足し、余計なものを引いて試行錯誤したおかげだ。佐埜の協力がなければ、もっと時間がかかっただろう。

「りくちゃん、秋の新メニューも旨いねぇ。実はそろそろ新しいおにぎり出ねぇかなって思ってたところなんだよ」

トミが豚&なますのおにぎりを頬張っていた。はまったらしく、二つ目を注文する。加世子は秋の定番おにぎりが気に入ったようで、テイクアウトに五つにぎってくれと言った。

「サービスさせてください。猫のお礼に」

「あら、いいの？　佐埜君にも奢ってもらったし。今日はごちそうさまでした」

彼女はそう言い、佐埜に向かって手を合わせる。

「もともと俺が見つけて保護したから。遠慮せずいつもどおり喰ってよかったのに」

「ちょっと何それ。私が大喰いみたいじゃない」

「大喰いじゃねぇか。加代ちゃんが大喰いじゃなけりゃ誰が大喰いなんだよ」

「トミさんひどい～」

平気で四つ食べる加世子は、今日は三つしか食べなかった。ここに来る前にたこ焼きを食べてきたらしい。

「あ、そうそう。里親さんから写真送られてきたの。見る?」

加世子がスマートフォンを出すと、みんなで覗き込んだ。ふわふわの子猫が茶トラとサバトラに挟まれてまどろんでいる。

「わ、なんか大きくなってる。ふわっふわだ」

「あん時は泥だらけだったからな。飯いっぱい喰わせてもらってる顔だな」

「そうなのよ~。先住が二匹いるんだけど、すっかり気に入られて二匹がかりでよってたかってかわいがられてるってさ。ほんとよかった」

ほっこりする写真を何枚も見せられ、心が和む。だが、せっかくの雰囲気に水を差すような声がボックス席から聞こえてきた。

「ねぇ、わたしもおにぎり食べたい」

「え? 喰うの? なんで?」

十五分ほど前に来た二人連れの客だ。

歳は四十前後だろうか。男性はおにぎり三個セットにペリメニを追加したが、女性が注文したのは豚汁だけだった。席に座った客が全員腹を空かせているとは限らないと特に気にしていなかったが、どうやら様子が違う。

「だって美味しそうだもん」

「ジロジロ見るなよ。ほんとお前喰うことばっか考えてんな」

責めるような言いかたに、トミがチラリと後ろを振り返った。子猫に癒やされた時の表情はすっかり消え、眉根が寄っている。加世子は前を向いたままだが、後ろに気を取られているのがわかった。

「一個くらい駄目？」

「お前はそれでいいんだよ。それ以上喰う権利ないの」

「でも……」

「でもじゃねぇよ。おとなしくそれ喰ってろ。俺くらい稼いでから言えよ。お前がデブで見た目がだらしないから面接落ちるんじゃないの？　俺はお前のために言ってんのよ？」

どう見ても女性は細身で、男のほうが肉づきがよかった。二人で食べたほうが美味しいに決まっているのに、なぜあんなひどいことができるのか理解に苦しむ。

「おい、店員！」

男に呼ばれて急いで出ていった。

「持ち帰りできるんだよな。俺が今喰ったの持って帰るから」

「お一人ぶんでしょうか？」

「そうに決まってんだろ！　俺が今喰ったのって言っただろうが」

「申しわけありません。すぐご用意します」

急いで厨房に戻り、おにぎりをにぎる。その間も二人の会話が途切れ途切れに聞こえてきた。

女はずっと傲慢な男の機嫌を窺っている。この注文が彼女のためとは思えなかった。

「あー、気分悪ぃな。せっかく旨い飯喰ってるってのに」

トミが聞こえよがしに言った。その性格から黙っていられないだろうとは想像していたが、思っていた以上に好戦的だ。

「なんだ、あんた。俺たちのこと言ってんのか?」

「たちじゃなくてあんただよ。連れは嫁さんか? 食べたいって言ってるのに、なんで一人で食べてるんだ? 頭おかしいんじゃないのか?」

「なんだと? あんたに何がわかるんだよ」

「りくちゃんの店にあんたみたいなのが来ると、客はみんな迷惑なんだ」

「常連ってのは偉いのか? 常連が幅利かせてる店ってのは、これだから嫌なんだよ。いちいち他人事に口出しやがって。たいした店でもねぇのに」

「おい、あんたいい加減に……」

トミが身を乗り出そうとすると、佐埜がすかさず割って入った。驚いた顔のトミに無言で首を振り、強引に座らせる。

「あんたも常連か?」

「そうです。すみません、余計なこと言って。確かに常連が幅利かせる店って居心地悪いですよね。自分ちみたいな感覚になってしまって、ほんとすみません」

「若いのはわかってんじゃねぇか」

トミが再び立ちあがろうとしたが、佐埜がその腕を摑んでいた。握る手にグッと力が込められるのがわかる。トミが驚いたように佐埜を見ていた。

「常連ってだけで偉そうにしてしまってすみません」

「いいよ、もう。お前が喰い意地張ってるから俺が変な親父に絡まれただろ」

「ごめん、章くん」

「持ち帰りまだか！」

「はい、ご準備できました」

男が会計を済ませると、頭をさげて見送った。女は振り返りもせず男のあとをついていく。

店内に平和が戻ると他の客に騒がせたことを謝罪するが、いつもどおりとはいかなかった。嫌な空気はしばらく停滞している。トミが不機嫌な顔で座っていた。

「佐埜君。見損なったよ。なんであんな男に頭さげるんだ」

「俺たちの出る幕じゃないです」

「見て見ぬふりしろってのか？」

「最後まで関われないなら庇わないほうがいいんです。ここで俺たちがやり込めたら、女があとで殴られるかもしれないし」

静かな口調だった。男に対する怒りも軽蔑もない。まるで事実を映しだす凍てついた湖の表面のようだ。だが、それだけに佐埜の言葉には説得力がある。

「……そ、そうだな」

自分たちが手を差しだせるのは、あくまでも店内で起きたことにだけだ。どんな理不尽を言われても謝り続ける彼女の態度から、男に頭をさげさせたとしてもなんの解決にもならないとわかる。その場限りの正義感は、さらなる被害を生むだけだ。

「すまんかった」

「いや、いいんですよ。トミさんが怒鳴った時、正直スッとしたし」

女子高生の自殺をとめようとして、不審者扱いされた時と同じだった。冷たいようだが、親戚でも友達でもない自分たちには何もできない。

佐埜は大人だ。感情で動かない。まだ二十五なのに。

その日、店が終わると佐埜のことをぼんやり考えながら片づけをしていた。誰もいない店内があまりに静かだからか、普段は隠れている本音が浮かびあがってくる。

佐埜が年齢以上に大人びていることと、死の匂いは関係しているだろう。どんな経験をしてきたのか、何を抱えているのか、聞いていいだろうか。

だが、怖かった。もし言葉にすれば、この関係が終わってしまうかもしれない。

聞きたい。聞きたいけど、この関係を終わらせたくない。

今も微かに香る死の匂いは、彼がまだそれから解放されていないことの証でもあった。

佐埜をもっと深く知りたいという願望は、日に日に強くなるばかりだった。無理やり聞くのではなく、佐埜が自然と吐き出したいと思う相手になりたい。

想いが募るほど、季節も深まっていった。朝晩の冷え込みは、潮が満ちるように昼間の時間帯にもじわじわと押し寄せてくる。

その頃になると、佐埜とプライベートで会う回数も増えてきて、月島の部屋によく来るようになっていた。自炊をしないという佐埜のために、よく夕飯をご馳走(ちそう)している。その代わりに折り紙を折ってもらうのだが、次第に手の込んだものになっていた。今は海シリーズで、特にシロナガスクジラの蛇腹を再現したものは圧巻だ。

「昨日さ、若い男の人に売ってくださいって言われた。売りものじゃないって断ったら、この折り紙作家さんが誰なのかいろいろ聞かれんだ」

「作家なんかじゃねぇのにな」

「もう作家だよ。ＳＮＳとかに載せたら人気出そう」

「そんな面倒臭いことするかよ。それに売るために作ったことないからな。あんたが喜んでくれりゃそれでいい」

さりげなく嬉しいことを言われ、心臓が小さく弾む。

「それよりこの前のお茶漬け旨かったな。滅茶苦茶染みた」

「ああ、あれ気に入った？　もう遅い時間だったし夕方に晩ご飯食べたって言ってたから、軽いのがいいかなって思って。兄さんが受験の時も夜食作ったな」

思いだすのは、美味しそうに食べる兄の姿だ。あれがこの仕事をするきっかけだった。

「手作りの夜食っていいよな。ホッとする」

「お茶漬けくらいいつでも作るよ。出汁の取り方覚えたら自分でも作れるし」

「作ってもらうからいいんだよ。あんたの料理って、相手のこと考えてる感じが伝わってくるからいいんだ」

優しい目だった。嬉しい反面、切なさが込みあげてくる。

佐埜は夜食を作ってもらったことがないのだろうか。ふと浮かんだ疑問は、それまでずっと封じ込めていた気持ちを呼び起こす。

佐埜から家族の話をされたことは、ほとんどない。妹がいると漏らしたきり、一度も自分から触れようとしなかった。恵まれた家庭だとは言えないのかもしれない。

「あ、そうだ。ペリメニ持って帰る？　いったん冷凍すると店では出せないから」

「いる。だけどいいのかよ。テイクアウトで売ればいいだろ。需要はあると思うけどな。俺なら買って帰る」

「やるならあまりものじゃなくちゃんと作らないと。一人でやってるのに無理だよ」

「じゃあ俺が仕事クビになったら雇ってくれよ。何個でも包んでやるから」

冷蔵庫のトラブルで二人ペリメニを包み続けた時のことを思いだす。あの頃はまだ、佐埜に関わってはいけないと自分に言い聞かせていた。離れようとしていた。

もうこんなに近づいてしまっている。

「仕事っていえば、チキン南蛮の親父、最近よく店開けてるんだ。先週は二日しか休んでなかった」

思いだすのは甘酢のたっぷり染みた金色のチキン南蛮だ。柔らかな肉と手作りのタルタルソース。こだわりがないと言っていたが、高いクオリティの料理を出せるのは、いい加減には作っていない証拠だ。ちゃんと真面目に料理に向き合っている。

「へぇ、そうなんだ。行ったの？」

「ああ、相変わらず旨かったよ」

「いいな。俺もまた行きたい」

他の人が作ったものを美味しいと言う佐埜を見ると、複雑な感情に見舞われた。大好きだったブランコに先客がいた時の気持ちに似ている。

待っていればいずれ乗れるとわかっているのに、がっかりする気持ちはどうしようもない。よく兄に連れていってもらった公園にはブランコを独り占めする子がいて、その子がいるとなかなか順番が回ってこなかった。

自分の料理だけ食べてほしいのだろうか。他の誰かが作ったものを食べてほしくないのか。たとえ夫婦でも、一人の人が作ったもの以外口にしないなんて不可能なのに。

「嘘だよ」

「え？」

「チキン南蛮喰ったなんて嘘だ。店が開いてるところ見ただけだよ」

ホッとし、やはり独占欲なんだと自覚する。この感情に他の名前はつけられない。

「どうして嘘なんか……」

「あんたが嫉妬するから」

「！」

「俺があそこで飯喰ったって言ったら、嫉妬するだろ」

「し、してないよ」

「してるって。『へぇ』って顔するだろ」

「それはそうだよ。『へぇ』って思ったんだから」

「ただの『へぇ』じゃなく、不満交じりの『へぇ』なんだよ」

「何それ」

「だからわざと言った」

ふいに真面目な口調になり、目を合わせた。初めて佐埜を見た時と同じ、夏の盛りの太陽みたいな強い眼差しだった。けれどもあの時とは違う。刺すような日差しとは異なる熱が存在していた。炎をあげずにジリジリと燃え、熱をため込んでいく火種のような熱。

「白髪の親父に嫉妬するなんて、やっぱりあんたって変わってるな」

囁くように放たれた声は、少し掠れていた。男の声がこんなにも色っぽく自分の耳に響いてくるなんて、どうかしているのかもしれない。

「そういうとこが……」

「そういうとこが？」

「年下に言わせるのかよ？」

その視線が唇を舐めるように月島を捉えたかと思うと、ゆっくりと顔を傾けてくる。胸がつまりそうだった。心臓が痛い。痛くて、苦しくて、それでいてこの痛みがいとおしい。

唇同士が触れた。ビクッと小さく跳ね、自分の反応に驚く。

「何？　キスしたことないの？」

「あ、あるよ」

本当だ。キスもセックスもしたことがある。ただ、ここ数年は仕事のことでいっぱいいっぱいで、色っぽい行為とは縁遠くなっていた。実家のことも、それに拍車をかけている。思えば分別を忘れるほど誰かを好きになるような経験はなかった。

けれどもこのところ、自分の感情が手に負えないと感じることがある。それまで護ってきた誓いを破った時から、始まっていた。そのうち手がつけられなくなるのではという予感すら抱いている。

「このまま隠居生活するつもりかよ」

「俺は……、――うん……っ」

唇を奪われ、目を閉じた。佐埜の唇。微かに触れた佐埜の鼻。

ちゅ、ちゅ、ちゅ、と音を立てて何度も自分をついばむそのやり方に、急激に羞恥心が湧いてきて、逃げ出したくなる。

「何っ、ちょ……っ、さ、佐埜く……」

「したこと、あるって、言うから、遠慮は、いらねぇなって」

キスの合間に聞かされる欲情した牡の囁きは、月島の理性をあっという間に溶かした。されるがまま唇を奪われ、体温があがっていく。

「うん……、んっ、んんっ」

キスだけで昂るなんて初めてだ。動物じみた息遣いが聞こえてくると、佐埜の舌は容赦なく月島の唇を割って侵入してきた。思わず後退りするが、すぐに追いかけられていとも簡単に捕まってしまう。

微かに香る死の匂い。長年自分の中に立てていた誓いは、完全に崩れ落ちていた。まだたったの三ヶ月だ。三ヶ月で、ここまで近づいてしまった。あれほど避けていたのに。関わらないと決めていたのに。

コンロの火がとめられた。ぐつぐつ音を立てていた鍋は急に静かになり、互いの息遣いや衣擦れの音がやけに耳につく。心音が伝わるのではないかと思うと、ますます恥ずかしくなった。佐埜が自分の顔を見ようとしているのもわかり、顔を逸らす。

「なんで逃げるんだよ」

「なんでって……」

顔に手を添えられ、上を向かされた。まっすぐに見下ろしてくる佐埜の視線は、切実な色に満ちていた。ただ一点を、月島という一点だけを見つめ、求めてくる。

深い色をした瞳に呑み込まれてしまいそうだ。

「ん……」

自分から漏れた甘ったるい声は、佐埜にも聞こえただろう。無意識に漏らす本音が伝わってしまうのが、怖かった。自分自身、わからないのだ。どれほどの獣が奥底に隠れているのか、想像もつかない。

年下の男を呆れさせるほどの欲望をため込んでいるのだとしたら……。

「ごめん」

「なんで謝るんだよ」

「だって……なんか悪いこと、してる……気分」

「あんたが年上だから？」

「多分」

そのままずるずると床に座り込んだ。佐埜は追うように膝を床について、月島の退路をいとも簡単に断つ。衣服の上から中心に触れてくるいたずらな手に、翻弄された。

「ちょ……、佐埜君ってば……、待……っ」

「こういうのは勢いでやんねぇと」

「……っ」

信じられないことに、佐埜は本番さながらに着衣のまま腰を押しつけて、やんわりと、けれども有無を言わさない強引さでため込んだ欲望を月島に向ける。腰に回された手が熱くて昂りを抑えられずに身をよじるが、それは佐埜を悦ばせるだけだった。

軽い目眩を起こしながら、溺れていく。

佐埜の微かな体臭。その後ろから死の匂いが少しばかり顔を覗かせていて、かろうじて残る月島の理性を留めてしまうのがいけない。

これが佐埜の匂いだと、死の匂いを含めて佐埜の匂いだと強く感じた。この不吉な匂いごと受け入れる覚悟があるのかと、自分に問う。

消してあげたいが、消えないならそれごと愛するだけだ。それを覚悟だというなら、とうにしていた。とうに、答えは出ていた。

迷いなく、それは月島の心の奥から湧き出る本音でしかない。

「ん……、んぁ……」

床に押し倒され、若い暴走を受けとめる。膝で膝を割られ、噛みつくようなキスに戸惑いながらも従うしかなかった。

熱い。熱くて、何も考えられない。

あからさまな腰の動きが、実際に繋がるより想像力を掻き立てられ、浅ましさを植えつけられた。本当に繋がってしまえばどうなるのか、考えてしまう。想像に連れていかれたその場所はとてつもなく甘美で、一緒に行こうと誘惑する声に従いたくなった。

あ、まずい。

そう思った時は遅かった。急激に迫り上がってきたものに抗えず、下着をつけたまま下腹部を震わせる。

「――ぁ……っ」

堪えようとした時には、遅かった。

「何？　下着汚したのか？」

軽い揶揄とともに放たれた言葉は、月島の熱を冷まさぬまま、理性の欠片だけを月島の手に握らせた。完全に溺れさせてはくれず、己のはしたない姿をまざまざと見せつけられながら、さらに暴かれる。

「じゃあ、綺麗にしねぇとな」

「待……っ」

「待てるかよ」

乱暴なもの言いは、年下ゆえの傲慢さがあった。これまで接してきた中で知った、佐埜の中に確かに存在していた一面が、こんな形で露わになるなんて。

「見せろって」

「だから……待……っ」

「待てない」

含み笑い。戸惑う月島の反応を存分に楽しみながら、強引にファスナーを下ろされ、濡れた下着を外気にさらされる。

「濡れてんな」

「……っ」

「あんたが、こんなに濡れるなんて」

「はぁ、……ん……っく、……お、俺……だって……、んぁ……ああ」

「性欲なんてありませんって顔してるくせに」

一度放ったはずの中心は、佐埜のいたずらに反応して再び硬度を取り戻していた。もどかしく触れてくる佐埜のやり方に、完全に服従している。

ぐずった子供をあやし、月島の心を癒やした指先は、今は違う表情を覗かせていた。一枚の紙から命を生み出す優しい指先の片鱗すらない。くびれをなぞり、裏筋をそっと撫でたかと思うと先端の小さな切れ目を引き裂くような強引さを見せる。

「痛ぅ……っ」

痛かった。でも、よかった。

再びくびれに触れてくるそれに、もう一度……、とせがみたかった。

「うん……っ、んっ、んっ、んぁ……あ、……待……っ、佐埜、く……、佐埜君……っ」

唇を塞がれ、もう一度先端の切れ目にいたずらをされる。震えるのをどうすることもできなかった。そんなに痛くしたら、またイってしまう。

「んぁ、んぁ……あ、は……っ、ぁ……あ……、……んっ、……っく、……ふ、ぁ……」

いつどこで覚えたんだと言いたくなるような手つきだった。

もどかしい刺激に腰が浮いてしまい、はしたなく欲しがる自分を恥じた。恥じながら求めた。

狭いキッチンで行われる二人の行為は、誰の目にも届かない。隣の部屋のカーテンから微かに月の光が部屋に差し込んでいるだけだった。

生活臭が漂う場所での秘めごとは、二人に急激な変化をもたらすまでにはいたらなかった。

翌日、月島が目を覚ますと佐埜の姿はなく、折り紙が一つ置かれているだけだった。

急いで折ったのだろう。月島でも折れるようなシンプルな二層船がテーブルの上で朝日を浴びている。

現場の作業が押しているらしく、電話すらできない日が続いた。次に会えたのは日曜日の朝だ。しかも、なんの約束もなしにいきなり部屋に来られる。原因はトミだった。

「りくちゃん、よかった！　いた！　頼みがある！」

パン、と顔の前で手を合わせて深く頭をさげられ、ポカンとするしかなかった。

話によると、草野球チームの試合なのだが、急遽メンバーが三人も都合で来られなくなったというのだ。一人は昨日のうちに確保したが、残り二人が見つからないまま今日を迎えた。トミの後ろには、無理やり連れてこられたと言わんばかりの仏頂面で立つ佐埜がいる。

「で、二人目が佐埜君？」

「まぁな」

ただしやる気はないぞ、とばかりに返事するのを見て、自分もつき合おうという気になった。

佐埜とどんな顔で会えばいいのかと考えていた月島にとって、この強引な誘いはむしろありがたい。

「最後に野球したの、中学生くらいですけど」

「大丈夫大丈夫！　おっさんばかりの素人チームだから！」

深々とお辞儀をしながらユニフォームを差し出され、五分で準備すると言い残して急いで着替えた。腹回りに余裕があり、ベルトをギュッと締める。少々大きい。

ワゴン車で運ばれた野球場にはすでにメンバーたちが集まっていて、二人の到着とともに試合が開始された。相手チームも商店街の寄せ集めといった雰囲気で、これなら気軽に楽しめそうだ。

月島は五番、佐埜が六番バッターとなり、ベンチで順番が来るのを待つ。

「どういういきさつでこうなったの？」

「朝飯買いに出たら偶然会って、いつの間にかメンバーになってた」

「あはは。トミさん強引だな」

断れない性格とは思えないが、トミにかかると佐埜のような男でも巻き込まれると思うとおかしかった。

「野球なんて久しぶり。佐埜君は得意そうだよね。トミさーん、一発頼みますよー」

「俺がスポーツやるタイプかよ」

「むしろ運動神経よさそうだけど」

「俺は真面目に汗流す同級生を日陰から眺めるほう」

カン、といい音が響いた。三番バッターのトミが塁に出る。初回から順番が回ってきそうな雰囲気だ。

「運動とかしなかったの?」

「折り紙折ってたからな。スポーツできるのは金持ってる奴だけだよ」

「とかなんとか言ってホームラン打ちそう」

「それは否定しねぇかな」

「わ、憎たらしい」

クッと笑った佐埜の喉仏が、なめらかに上下したのが目についた。その向こうには青空が広がっている。一瞬胸を掠めた思いは爽やかな風景とは不釣り合いで、後ろめたい気持ちになった。こんなところで……、と自分を戒めるが、一度意識するとそれはどうしようもなく月島を翻弄する。

ふとした瞬間に佐埜のえら骨やまっすぐに伸びた腕のラインが目に入り、そのたびに小さな胸の高鳴りに襲われるのだ。

その美しい造形は、野生の牡鹿を思わせた。見事な脚力を得るために、不必要なものが限界までそぎ落とされている。それは、大自然に対する尊敬と畏怖でもあった。

トミたちを眺める横顔には、そんな彼らの気高さすら浮かんでいる。

目が合い、ハッとして目を逸らす。ジロジロ見ていたのがばれただろうか。

「何見てんだよ」

「ご、ごめん」

「意識してるのか？」

潜めた声はあの夜の佐埜そのままで、秘めた行為がまざまざと思いだされる。

「さ、佐埜君は……こう、なんていうか、ストレートすぎる」

「俺もしてる」

「え？」

「りくちゃん、次だよ、次」

見ると、ツーアウト一、三塁だった。慌てて立ちあがって準備をする。

バッターボックスに入ると、二、三度素振りをした。一球目は空振り。二球目はファール。

そして三球目。バットに当たったが、まっすぐにピッチャーへ向かう。あ〜あ、と一塁に走るのをやめようとしたが、白球は小石に当たって軌道を変えてあっという間に外野にまで転がっていく。

「走れ走れーっ！」

慌てて一塁に向かった。返球は間に合わず、無事セーフとなる。

「やったりくちゃん！　さすが！　佐埜く～ん、次デカいの頼むぞ～っ！」

声援に佐埜は余裕の笑みで応え、バッターボックスに立った。構えかたを見ただけで期待が膨らむ。そのフォームが示すとおり、初球が投げられた直後、カンッ、と乾いた音が空に抜けた。ベンチが沸く。

「走れ走れ～っ！」

トミをはじめ商店街のみんなが声援を送る中、ホームに向かった。秋晴れの空は吸い込まれそうなほど高く、清々しく、気持ちよかった。ただ見ているだけでも前向きな気持ちになれる懐の深さがある。

試合が終わると、飲み物の差し入れがあると言われて二人で運んだ。トミたちが相手チームと次の試合の打ち合わせをはじめると、佐埜と並んで土手に座り、離れたところからその風景を眺める。

「あー、久々に躰動かした。明日筋肉痛になりそう」

「たったあんだけでか？」

「佐埜君はいつも重いもの運んだりして躰使ってるから平気そうだね」

隔てるものは何もないが、ついさきほどまでいた賑（にぎ）やかな場所とは違ってここは静かだった。二人きりの空気に包まれる。楽しげな会話も笑い声も、遠かった。

急にあの夜のことが迫ってきて、会話の行く先を見失う。佐埜も同じだったのか、沈黙が降りてくる。トミが相手チームの男と肩を組み、ゲラゲラ笑っているのが見えた。

「なぁ、この前の夜だけど」

突然切り出され、心臓が小さく跳ねる。

「今言う?」

「うん、今言う。今言わねぇと、何もなかったことにされそうだから」

「だからストレートすぎるんだって」

顔が熱くなってきた。ペットボトルを頬に当てて冷やす。

「悪かった……って言ったら、怒ってくれるか?」

「怒る」

「じゃあ、謝らなくていいんだよな」

確かめられたのが、嬉しかった。佐埜は謝るようなことはしていない。月島もされたと思っていない。

踏みしめた草の匂いが、佐埜から漂う不吉な匂いを掻き消していた。捉えようとしなければ気づかない程度に、それは薄まっている。

このまま消えてくれればいいが、それでは駄目な気もしていた。見せられた誠実さが、そしてこの平和な風景が、勇気をくれる気がした。今なら言える。

「ねぇ、佐埜君」

知りたい。佐埜をもっと知りたい。奥底まで。

心臓が破裂しそうだった。反応が怖い。拒絶されたら、この時間が永遠に失われてしまったらと思うと怖くて、今まで聞けなかった。佐埜が何を抱えているのか。どんな過去を背負っているのか。なぜ死の匂いを漂わせているのか。

けれども何事もなく、ただ楽しい時間だけを眺めているだけなら、いつか失う気もしていた。自分だけ幸せならいいわけではない。

「佐埜君のことを、もっと知りたいんだ」

拒絶している空気ではなかった。月島の言葉をきちんと聞こうという態度が伝わってきて、勇気を出して言う。

「その……妹さんの、こととか……。佐埜君が、よければ……だけど」

そんな言葉で締めくくると、佐埜は聞こえるか聞こえないかの小さな声でこう返した。

「いつか……な」

聞き違いかと思ったが、佐埜は繰り返す。

「いつか、聞いてくれるか?」

泣きそうになった。

今でなくていい。いつかと言ってくれただけで十分だ。ホッと安堵し、気長に待とうと決心した。気持ちはもう伝えた。だから、佐埜が話す気になるまで待っていようと。

「なぁ」

帽子の鍔を摑まれ、グッと下ろされる。視界が遮られた瞬間、ふいに佐埜の気配が近づいてきて、唇に唇を軽く押し当てられた。

一瞬のキスだった。むんとするほどの草いきれの中で交わしたそれは、佐埜の言う『いつか』が必ず来るという誓いのようだった。

4

店にその男が来たのは、秋の香りが色濃くなる頃だった。

新しいメニューのおかげもあって、地方紙から再び取材のオファーが来た。引き受けたい気もしたが、メディアに露出すると母親の目にとまるかもしれない。弁護士になったはずのお兄ちゃんがおにぎりをにぎっているなんて知ったら、どうなるかわからなかった。今のままで十分だ。口コミで新規の客がじわじわと増えていくのも嬉しい。

「定番もいいけど、変わり種のおにぎりが癖になりますね。この前配達していただいた夜食、事務所の者がみんな美味しいって食べてました」

「それは嬉しいです」

「また注文したいな。ここから結構距離があるから、わざわざ配達してもらうのはちょっと申しわけない気もするんだけど、みんなが食べたいって言うから」

「ご注文いただくのはありがたいです。何箇所か回ることが多いですし」

「そう。だったらよかった」

スーツに身を包んだ男は、栗原と名乗った。年齢は三十代半ばといったところだ。店に来るのは今日で二度目だが、弁当の配達をよく依頼してくれる。配達先が弁護士事務所だと知った時は少々複雑だったが、兄を演じる時の参考になるかもしれない。

イメージどおり多忙な仕事で、ゆっくり食事を摂れないらしい。配達に行くと、腹ぺこのスタッフが待ってましたとばかりに出迎えてくれる。

「店内もいい雰囲気だし。外から見たらバーとかカフェみたいですよ」

「この夏に改装したばかりなんです」

「そうだったんですね。配達もいいけど、こうして店でゆっくり食べるといっそう美味しいですよね」

「そう言っていただけると嬉しいです」

「もうちょっと事務所が近くだったらよかったのに」

栗原は弁護士のイメージそのままで、いつも仕立てのいいスーツに身を包んでいた。髪をオールバックに撫でつけ、銀縁のメガネをかけている。爪も手入れが行き届いていて、いかにもエリートといった雰囲気だ。仕事がら、身なりを整えることは依頼人からの信用を得るために必要なのかもしれない。

そして何より、几帳面だった。カウンター席に置いてある紙ナプキンや調味料など、少しでもずれていると直さずにはいられないらしい。食べたあとのトレイの上は整然としており、定規で測ったように器や箸の位置が決まっている。また、隣の客が椅子を出したまま帰った時には、月島が食器を片づけにいく前に椅子はしまわれていた。

「義兄に感謝だな。実はこの店を教えてくれたのは義兄なんです。この近くに住んでて」

「そうでしたか。お義兄さんもうちを利用してくださってるなんて嬉しいです」

「よく来てるみたいですよ。常連じゃないかな」

「へぇ、常連さんですか。お名前伺っていいですか？」

「佐埜です」

トクン、と心臓が鳴った。途端に青空の下でのキスが蘇り、店で接客中だぞと自分を戒める。

「内装の仕事してる佐埜君ですよね」

「ええ。僕のほうが年上なんですけどね、妻とは歳が離れてるから、年下の兄ってわけです」

驚きだった。まさか佐埜の義理の弟とは。

思わず謝りたくなった。血は繋がっていないとはいえ、友人以上の関係になった今、その親戚だと知ると後ろめたくなる。年下の青年をかどわかした気分だ。

「よく来るでしょう？」

「はい。よく利用していただいてます」

「あの折り紙も、お義兄さんが作ったものですよね。結構たくさんあるんですね」

「あ、そうなんです。お客様のお子さんがぐずっていた時に偶然居合わせていて、折り紙を折ってくれたんです。それがきっかけで、僕から頼んで折ってもらうように。すごくいい作品だから」

「気持ちはわかります。芸術的ですよね。僕もお義兄さんの才能は素晴らしいと思ってるんです。本人は全然すごいと思っていないところがまたいいですよね」

　自分が褒められた気持ちになり、嬉しかった。

　いまだに佐埜のプライベートをよく知らない。友人以上の関係になっても、深く立ち入らせない部分があった。けれども草野球をした日、『いつか』を約束してくれた。こうして義弟に店を紹介してくれたのは、その日がそう遠くないという証しだ。そう思えてならない。

「佐埜君に妹さんがいるのは知ってましたけど、まさかご主人と先に知り合うなんて。折り紙は妹さんのために折りはじめたって聞いてます」

「ええ、お義兄さんは妹思いですから。夫の僕も嫉妬するくらいですよ」

「いいですね。仲がいい兄妹って」

「本当は妻も連れてきたかったんですけど」

「次はぜひ奥様とご一緒に。お二人がおいでになったら、佐埜君も飛んでくるかもしれませんね」

「さぁ、それはどうかな」

　もう少し話したかったが、代わる代わる客が入ってきて、それ以上ゆっくり話せなかった。

注文の品をすべて客のところに運び終えた時、栗原はレジの前だった。

「美味しかったです。配達もまたお願いします」

「はい、ありがとうございます。お待ちしてます」

次は夫婦で来てくれるといい。そう思うと少し楽しみだった。

栗原の席を片づけにいくと、食器が整然と並んでいた。使用済みの紙ナプキンすらきちんと畳んであり、美しい。

「今の知り合いか？　なんか親しげに話してたけど」

トミが入ってきて、いつもの席に座った。今週はこれで二度目だ。

「佐埜君の義理の弟さんらしいです」

「へー、そうなのか。デキる男って感じだったな」

「弁護士さんらしいですよ」

「なるほど賢そうだったもんなぁ。あ、俺いつものセットで、パクチーのやつと三つ葉の入ったのときのこのおにぎりな」

いつもの席に座るトミにおにぎりセットを運んだ。今日は加世子（かよこ）が友達を連れてきて、ボックス席で食事をしたあと、夕飯用に持ち帰りを注文してくれた。また、女子高生のグループも来て、折り紙の写真を撮っていった。

あっという間に一日が駆け抜けていく。

佐埜が来たのは、閉店時間を一時間ほど過ぎた頃だった。ちょうど夕飯の準備が整った頃で、二人座卓に向かい合って「いただきます」と声を揃える。

「悪いな。いつも喰わせてもらって」

「俺も食べるんだしついでだから。それに店で出た食材のあまったので作ってるから、むしろ無駄にならなくて助かるよ。折り紙も貰えるし」

「あんなもんで飯喰えるなんて贅沢すぎるな。今度ちゃんとお礼するから、なんか考えといてくれよ」

「んー、別に欲しいものもないし、行きたいところも特にないんだよな。この前は店の片づけを手伝ってくれたし、それで十分だよ」

今日の夕飯は生姜焼きと豚汁だった。野菜はあまりもののキャベツに人参とピーマンを入れ、パクチーを少し足している。佐埜が部屋に来るようになって、仕事後の食事が楽しみになっていた。

同じ料理でも一人無言で食べるよりも、誰かと分かち合うほうがずっといい。

「そうだ。最近よく注文してくれるお客さんがいるんだ」

「配達のほうか？」

「うん。今日は店に食べにきてくれた。誰だと思う？」

「何もったいぶってんだよ」

そんなつもりはなかったが、言われると焦らしたくなる。

「なんだよ、言えよ」

「栗原さん」

驚いたのか、佐埜の箸がとまった。

「佐埜君の義理の弟さんなんだって？　うちの店を紹介してくれたんだね。どうして言ってくれないんだよ。こっそり広めてくれるなんて。もしかして最近お客さんが増えたのって、佐埜君のおかげかな」

ペリメニがテーブルを転がった。

「佐埜君？」

「え……ああ、悪い。ぼんやりしてた」

「どうかしたの？」

「いや。今日はちょっと仕事が大変だったんだ」

「そっか。じゃあ今日は食べたらすぐ帰る？　折り紙はまた今度」

「そうだな」

「とにかくありがとう。弁当の配達は結構利益になるから助かってるよ。栗原さん、また注文してくれるって」

「そっか」

佐埜の表情に陰りが差す。ふいに不安が押し寄せてきた。本人に無断でプライベートを知るのはよくなかったのかもしれない。だが、栗原に店を教えたのは佐埜だ。その存在を知られたくないなら、紹介したりしないだろう。

気のせいだと自分に言い聞かせ、話題を変える。

「そういえばさ、加世子さんが来て、また里親さんから送られてきた猫の写真見せてくれた。すごく大きくなってたよ」

「よかったな。いい人に貰われたみたいで」

「あっという間だよね。この前まであんなに小さかったのに。あ、ご飯おかわりいる？」

「貰っていいなら自分でよそうよ。あんたは？」

「じゃあ俺も半分」

立ちあがる佐埜に茶碗を渡した。すれ違いざま香るのは、死の匂いだ。

佐埜から漂うそれに、随分慣れてきたはずだった。いつか消えると信じて、待つつもりだった。このところ薄くなっている気すらしていた。

だが、今はまた強く感じる。出会った頃のように、離れたところにいても死を裏づけするそれは、忍び寄るように己の存在を訴えてくるのだ。忘れさせてくれない。

食事が終わると、佐埜は礼だと言って洗いものを一人で片づけてくれた。明日は仕事が早いらしく、慌ただしく帰っていく。その間も不吉な匂いは消えず、むしろ忘れるなとばかりに強く香ってきた。

「まさかな」

声に出して言うのは、不安だからかもしれない。いつか消えてほしいと、消えると信じていたのがただの幻想だったと思い知らされたみたいだ。

必ず訪れると信じていた『いつか』が、今は永遠に来ない日のように感じた。


栗原からケータリングの注文を受けたのは、十月に入ってからだった。

天体ショーを観察するらしく、キャンプ場のようなところに二十人ほどが集まっている。朝晩は冷え込む日も多くなってきたため、温かいものを中心に用意した。おにぎりもその場でにぎるため、熱々で出せる。

私有地らしく、他に見物人の姿はなかった。テーブルなどあらかじめセッティングされたところに料理を並べ、準備をする。

「わ、ペリメニ？　わたしこれ大好き」

「お！　ボルシチもある。これいただいていいですか？」

「おにぎりが絶品だから、にぎってもらうといいよ。スモークサーモン&パクチー。うちの事務所にはよく届けてもらってるんだ」

　弁護士や起業家など、エリートと言われる人たちが集まっていた。さりげなく高級品を身につけているが、それをひけらかすことなく嫌みになっていない。時折飛び込んでくる話の中にはスタートアップ時の苦労話やバカンスの豪華さなど、普段耳にしないことばかりだ。違う世界が広がっている。

「『そらのテーブル』ってお店でも食べられるんですよね？」

「はい。お近くにお越しの際はぜひ」

「いい店だよ。ショットバーみたいな重厚な雰囲気で。義兄がよく通ってるんだ」

「へ〜、行ってみたいな」

　佐埜の妹が見られるかと思ったが、家族を連れてきている人はいなかった。少し残念な気もしたが、今はこれでよかったのかもしれない。

「ロールキャベツも美味しいです。これってお店でも食べられるんですか？」

「つけ合わせで出すことはあるんですけど、常時ってわけではないんです」

「えー、もったいない。私これが一番好き。トマトソースにしっかりハーブが効いてますよね」

「ありがとうございます。一人でやっているものですから、なかなか手が回らなくて」

「人を雇えばいいのに。俺ならＡＩの活用で効率化して事業拡大するな」

「そういう才能はないんです」

あらかた食事が終わると、チャイを出した。そろそろ天体ショーが始まる。空を見上げる人たちの邪魔にならないよう、片づけを済ませた。

次は会社に弁当を届けてほしいと、店のチラシと交換に名刺を渡される。栗原と同じ弁護士のみならず、ゲーム会社のＣＥＯや情報関連の会社など多岐にわたった。いい人脈ができたが、思ったほど心は浮ついていない。

栗原に声をかけて車に戻ると、ヘッドレストに頭を預けた。目をつぶったまま、駆け巡るいろいろな思いと向き合う。

疲れていた。仕事の疲れではない。

佐埜とどのくらい会っていないだろう。初めて栗原の話をした日以来、店にも顔を出していなかった。偶然なのか、それともプライベートを探られたことが佐埜の足を遠のけているのか。考えても仕方のないことで頭の中をいっぱいにしている。

その時、着信が入った。佐埜からだ。慌てるあまりスマートフォンを落として切れてしまう。急いで折り返しかけようとしたが、またすぐに着信が入った。第一声が佐埜の笑い声だった。

『何慌ててんだよ。すげぇ音した』

「ごめん。ちょっとぼんやりしてたところで鳴ったから落としちゃって」

『今いい？』

い。

「うん、もちろん」

佐埜はいつもの佐埜だった。特に変わったところはない。しかし、電話では匂いはわからな

『今どこだよ?』

「ちょっと遠く。もしかして部屋に来てる?」

『ああ。仕事で遠出したから、土産買ってきたんだけど』

「え、わざわざ寄ってくれた?」

『今ちょうど店の前』

ぼんやりしていないで早く帰ればよかったと後悔する。だが、すぐに車を走らせても間に合っていなかった。今日はタイミングが悪かったのだ。

『近いうちに持ってくよ』

「うん、ありがとう。お土産楽しみ」

『あんたも遅くまで大変だな。ケータリングか?』

「うん、今日のケータリングは栗原さんからの注文だったんだ」

わざわざ言わなくてもいいことを口にしたのは、佐埜の反応を確かめたいからだろうか。

「本物の弁護士さんって、やっぱり違うね。集まってる人たちもエリート揃いで、別世界を覗(のぞ)いた気分だった。弁護士のふりしてるのが、なんだか恥ずかしくなったよ」

『そういう言いかたするな。あんたは好きで演じてるわけじゃないだろう』

「そ、そうだね」

卑屈になったつもりはなかったが、佐埜の指摘に惨めな気分になった。馬鹿なことを言ってしまった。今日は上手く会話ができない。

『悪い。言いかたがきつかったな』

「ううん、いいんだ。佐埜君の言うとおりだよ」

ぎこちない会話が自分だけのせいではない気がした。

このまま何事もないふりをして、会話を終わらせていいのだろうか。迷い、言いかけて言葉を呑む。心臓がドクドクと鳴っていた。もう一度考え、大切な相手だからこそ思いきって質問をぶつけてみる。

「ねぇ、佐埜君。佐埜君って、栗原さんと上手くいってないの？」

『なんで？』

拒絶を感じた。これ以上聞かれたくないという気持ちが、短い言葉に凝縮されている。

近づいたと思ったのに、今は遠くに感じた。

佐埜と深く関わったことを後悔しているわけではない。佐埜のおかげで楽になった。だから、自分も佐埜が楽になる手伝いをしたい。

死の匂いを漂わせている原因を知りたいと思うのは、悪いことだろうか。

「ううん、やっぱりいい。ごめん、変なこと聞いて」

『いや、別にいいよ』

待つと決めたのに。佐埜に「いつか聞いてくれるか」と言われた時、それだけで十分だと思ったのに。欲張りすぎて、気持ちが急（せ）いていたのかもしれない。

『じゃあ、また今度』

もう少し声を聞いていたかったが、恥ずかしくて口にできなかった。


月島（つきしま）の店の前で電話を切った佐埜は軽くため息をつき、自分のアパートに向かって歩きだした。いないとわかると、無性に会いたくなる。

自分に立てた誓いを破り、月島と深く結びついた夜は、過去をすべて忘れてしまうほどの幸福で満たされた。草野球に連れ出された日は、もっと近づけた気さえした。自分も幸せになっていいのかもしれない——そんな幻想すら抱いた。

けれども、そうはいくかというタイミングで現れたのは、佐埜の罪を知る男だった。

『栗原さん』

店に来た男の名を口にした月島の柔らかな表情と、その名前が意味する重さが同時に迫ってくる。月島に幾度となく癒やされ、救われていたが、すべて忘れて幸せになろうだなんて都合がよすぎたのかもしれない。

「由香（ゆか）……」

深いため息とともに妹の名を漏らした。もうこの世にはいない、たった一人の妹。彼女のために初めて折り紙を折った時の笑顔は、今もよく覚えている。妹の笑顔だけが、支えだった。

眉根を寄せたのは、子供の頃を思いだしたからだ。

町工場の社長だった父親は、ごく普通のいい人間だった。だが、不景気の煽（あお）りで工場を閉鎖に追い込まれてから、転落するように佐埜の人生は変わった。

父親は酒に逃げ、次第に怒鳴り声が家に響くようになっていった。はじめは夫婦喧嘩（げんか）だったが、そのうち平手打ちの音が聞こえるようになり、家族への支配が始まった。怯（おび）える妹を抱き締めたまま、押し入れで一晩過ごしたこともある。

それでも母がいた頃は、まだマシだった。地獄のような日々が始まったのは、母がもと従業員の男と逃げてからだ。暴力の矛先は佐埜へと向かうようになる。

折り紙を折るようになったのは、その頃からだ。殴られた兄を見て泣きじゃくる小さな妹を慰める、たった一つの手段。それが折り紙だった。

『わぁ、すごい。鯨（くじら）の親子！』

折り紙を折った時の喜ぶ顔は、今もよく覚えている。その瞬間だけは、本当の笑顔だった。

だから折り紙を折り続けた。学校で馬鹿にされようが、父親に女々しいと罵られて殴られようが、ひたすら折った。

そんな生活が六年ほど続いたが、悪夢は意外にもあっけなく終わる。原因は父親の肝硬変だった。その時すでに、余命三ヶ月。あっさりとしたものだ。

父が他界したのと同時に、佐埜は中学を卒業して今の仕事につき、妹は親戚のもとに預けられてようやく平穏な日々が戻った。時々しか会えずとも、それでよかった。

けれども大人になった妹が選んだ男は、父に似た支配欲の強い男だった。

『はじめまして、栗原です』

最初に紹介された時の直感。支配に飢えた父親と同じ目だった。実際、異様なほど妹を束縛していた。

なぜそんな男を選ぶんだと何度も訴えたが、妹は彼は自分がいないと駄目なのと言うだけで、兄の言葉など聞こうとしなかった。やっと父親の暴力から逃れられたのに、なぜまた同じ苦労を背負ったのか、今も理解できない。

あの男――栗原と出会ったばかりに。

そう思いながらも、最終的に妹を死へ追いやったのは自分だと嗤(わら)う。

「他人のせいにしてんじゃねぇよ」

その時、着信が入った。ディスプレイに浮かんだ名前を見て、思わず周りを見回した。

なんてタイミングだ。

深々とため息をついて電話に出る。

『お久しぶりです、お義兄さん。お元気そうで何よりです』

人当たりのいい柔らかな声だった。月島と同じテノールだが、響きがまったく違う。

十歳近く年下の男に敬語を使う栗原の慇懃な言葉遣いは、じわりと獲物を追いつめる独特の不気味さがあった。狩りを愉しむ残酷さすら感じる。

「なんだ?」

『行きましたよ、お義兄さんが足繁く通われてるお店』

錆びた刃物で胸を抉られた気分だった。明らかな脅迫に、なぜ栗原が月島の店を知っているのか聞こうとしたが、笑いながら「あなたを監視してたからですよ」なんて言われそうでやめる。

「何をするつもりだ?」

『何って別に。興味があっただけです。やけに楽しそうだったから。狙ってる女性でもいるのかと思ったら、店主が男性でびっくりしました』

いつ、どこで何をしている時に見たのだろうか。どこまで知っているのだろうか。月島がどんな存在なのか気づいているのだろうか。

次々と疑問が浮かぶが、答えを知りたくない気もした。それが現実逃避だとしても。

『お義兄さんに、そういう趣味があったなんて驚きですよ』

含み笑いとともに言われ、きつく目を閉じる。

「あの人は関係ない」

『あの人、ね』

隠そうとすればするほど、笑いながら探られる気がした。栗原はたった一滴の血の匂いを嗅ぎつける鮫のように、発達した嗅覚で佐埜の変化を悟り、幸せの芽を摘む。弱った獲物に鋭い刃を突き立てることが、唯一の愉しみだとばかりに。

「何がしたいんだ？」

『そうですね。どうしようかな』

佐埜の心にのしかかる懸念は、彼が背負うものを栗原が知っているかどうかだ。

月島を巻き添えにしてしまうかもしれない。犠牲になるかもしれない。そう思うと、慎重にならざるを得なかった。何をするかわからない男に生贄を突き出すような真似だけはしたくない。

『彼のご両親は、自分の息子さんが弁護士じゃないって知ったら驚くでしょうね。ああ、ご両親じゃなくて、お母様か』

全身が凍りついたようだった。

栗原は知っている。どうすれば月島が壊れるのか、どうすれば滅茶苦茶にできるのか、熟知している。そして、それを実行する残酷さも当然持ち合わせていた。

「あの人には近づかないでくれ」

『へぇ、ストレートに言うんですね』

「どうすればいい。どうすればあの人を放っておいてくれるんだ」

『わかってるでしょう？　一人だけ幸せになろうだなんてずるいですよ』

「あの人に会わなければいいのか？」

言いながら思いだすのは、月島の笑顔だ。あの優しさを栗原の餌食にしてはいけない。

『自分で考えてください。大人でしょう？』

「考えたよ。考えた。もう会わない。だから、あの人のことは放っておいてくれ」

『う〜ん、どうしようかな』

こいつは愉しんでいる――絶望が奥底に蓄積していくようだった。

たったこれだけのやり取りにすら、栗原から微かな興奮を感じていた。その加虐性は以前とちっとも変わっていない。持って生まれたものとしか言いようがない。

なぜ、この男はこれほどまでに人を苦しめることに悦びを見いだせるのだろう。佐埜の罪を差し引いても、執着心は異様だと言える。

『そもそもお義兄さんは人を幸せにできるんですか？　僕から妻を奪っておきながら、自分だけ幸せになろうだなんて考えてませんよね』

「だから、あの人にはもう会わないと言っただろう」

『本当かな？』

弾むような言葉からは、次第に愉しみを抑えきれなくなって興奮する栗原の様子が伝わってくる。

『警察は事故死だと断定したけど、お義兄さん、由香はあなたの束縛がつらくて自殺したんじゃないかって僕は今も思ってるんですよ。妻は僕を愛してたのに、無理に連れ戻すから』

つららのように冷たく、鋭い言葉だった。

降り積もった雪がわずかな時間太陽に照らされて溶け、寒さで再び凍りつくのと同じで、佐埜に対する加虐が一瞬の悦びを栗原に与えても、憎しみを溶かすことはない。むしろより鋭利になったそれは、佐埜の心臓を深く貫く。

『またかけますよ』

電話は切られた。

ため息をつき、振り返った。別れを惜しむように、灯り(あか)の消えた月島の店をしばらく眺める。なぜ深く関わってしまったのだろうと、後悔ばかりが押し寄せた。

こうなるなら、はじめから月島の店になど来なければよかった。

自分の仕事を見るために客がいる時に行ってこいと言われたなんてのは、適当についた嘘(うそ)だった。通りがかった時に、トミたち常連の家族のような雰囲気に惹(ひ)かれ、吸い寄せられるようにふらりと入ってしまった。ぬくもりに飢えていたのかもしれない。

そして、自分を迎えた人たちや料理の温かさが、二度、三度と足を運ばせた。今は、手放しがたい大切な場所になっている。

だけどもう二度と店に行ってはいけない。月島と会ってはいけない。栗原を前にすれば、想うことすら危険だ。

そう思うと、自分の一部を抉り取られたような気分にすらなった。

なぜ待てなかったんだ。

月島は数えきれないほど、そんな自問を繰り返していた。

これほど深く後悔したことはなかった。野球をした日、佐埜は「いつか」と言ってくれた。いつか聞いてくれるか、と。待つべきだった。自分から話す気になるまで、そっとしておくべきだった。

栗原と上手くいっていないのかなんて、プライベートな部分に踏み込みすぎだ。義理の弟に店を紹介してくれたから、浮かれてしまったのだ。より深いところまで自分を見ていいという合図だと、勘違いした。

「すみませーん、会計いいですか？」

レジの前で客に声をかけられ、慌てて向かう。

あれから佐埜は何かにつけて忙しいと言い、一度も会っていない。電話をしようか迷ったが、すでに三度もかけている。

話す気があるなら、折り返しかけてくるだろう。着信に気づかないままだとは思えない。

これ以上、履歴を残したくはなかった。鬱陶しい奴だと思われる。しつこいと思われる。心を閉ざされてしまう。

待つだけの日々は苦しく、何をしていても気持ちが沈んだ。客が来るたびに佐埜じゃないかと顔をあげ、落胆を繰り返す日々が続く。立ちどまったままだ。

閉店時間になると店の片づけを終わらせ、外食でもしようと外に出た。今日も佐埜は夕飯を食べに来ないだろうと思うと、自分のぶんすら作るのが億劫になる。今までは疲れていても自炊は苦にならなかったのに。

佐埜と行ったチキン南蛮の店に向かうが、閉まっていた。暖簾が外されたガラス扉は闇に沈んでいる。冷たくて、寒くて、固く閉ざされた扉は佐埜の心のようだった。一歩も踏み込めない。

その時、ふと気づいた。一度も佐埜の部屋に行ったことがない。そして、佐埜がどこに住んでいるのか、大体の場所しか知らない。今まで気にしたことはなかったが、それが答えのような気がして踵（きびす）を返す。

食欲がなく、そのまま部屋に帰ろうとして、店の近くで佐埜を見つけた。

以前なら、この偶然を嬉しく思い、すぐに声をかけただろう。だが、今は躊躇（ちゅうちょ）せずにはいられない。身を隠そうかとすら思った。佐埜が振り返らなければそうしただろう。

「あ……、佐埜君、久しぶり。今帰り？」

「ああ」

会話は続かなかった。このぎこちない空気が気のせいだなんて、楽観的にはなれない。

「うちでご飯食べてく？」

「いや、もう喰った。毎回あんたに甘えるのもな。あんたは喰ったのか？」

「まだ。何食べようかなって。たまには自分が作ったものじゃないのをと思ったけど、チキン南蛮のお店は閉まってた」

「あの親父（おやじ）、また仕事サボってんだな」

佐埜が、ふと口元に笑みを浮かべた。一瞬だけいつもの空気が戻ってくる。けれどもそれは乾いた風に吹き消され、再び気まずい空気だけが残った。穏やかに笑い合った日の記憶は、ロウソクの炎のように儚（はかな）い。

遠くで救急車のサイレンが鳴っていた。静かな夜を切り裂くそれは、不安の象徴だ。それまでの穏やかな日常も幸せも、ズタズタにしてしまう。

「この前はごめん」

「何が？」

「プライベートなことに立ち入りすぎた」

「別に」

短い言葉しか返ってこないのが悲しかった。

佐埜から漂う死の匂いがいっそう強くなる。青竹と雨が降る直前の水分を蓄えた空気の匂い。そしてラベンダーの微かな甘い香り。もう気のせいだとは思えない。

「よく、店に来るのか？」

「え？」

なんのことだと佐埜を見ると、険しい顔をしている。

「ああ、栗原さんのこと？　配達のほうが多いよ」

「週に何回くらい注文来るんだよ？」

「何回って……一、二回、か……三回？　あ、でも先週は四回か」

「何回なんだよ」

ハッ、と嗤われた。明らかに様子がおかしい。

「ねぇ、どうしてそんなに栗原さんにこだわるの？」

「あいつとは、深く関わらないほうがいい」

佐埜の問いに対する答えはなかったが、二人が上手くいっていないのは確かなようだ。

「別に個人的なつき合いがあるわけじゃないよ。よく注文してくれるから、弁当を届けてるだけで。今週はよく来たけど、本当に頻繁ってわけじゃないんだ。それに友達に店を紹介してくれたから、そこからお客さんが増えたりして助かってるし」

「あんたの店はあいつが宣伝しなくても繁盛してるだろ」

あいつ。

トゲのある言いかただ。

「そんなことない。栗原さんの友人はケータリングの注文もしてくれるから、大きな収入だよ。佐埜君にはわからないだろうけど、飲食業って傍(はた)から見るほど儲(もう)からない。うちはギリギリなんだ。だから、そんなことを言われても困る」

佐埜が理由もなしに理不尽なことを平気で言わないと、わかっていた。だが、何も教えてくれない悲しさからか、ついそんな言いかたで反論してしまう。

「俺は大人だ。自分の店のことは自分で決める。でも、栗原さんと関わっちゃいけない理由があるならちゃんと聞くよ。だから、教えてほしい」

「はっ、確かに俺が口出すことじゃねぇよな」

なぜここで突き放すのだろう。理由を聞きたいだけなのに。

通じ合っていると思っていた。繋がっていると。けれども、いざたぐり寄せると糸の先に佐埜の姿はない。迷路の中に置き去りにされた気分だった。右に行くべきか左に行くべきか、わからない。袋小路に迷い込む。

「佐埜君に、まだ……教えてないことが、あるんだ」

何を言い出すのだと、もう一人の自分が訴えた。やめたほうがいい。今は言うべきじゃない。これは行き止まりの壁を無理やりこじ開けるようなやり方だ。

わかっていても、通じ合えない悲しみが月島を愚行に走らせていた。

「俺の特別な力を信じてくれただろ？」

「なんだよ急に」

「ずっと、自分の力が疎ましかった。いらなかった。どうせ何もできないのに、絶望のあまり心が死んだ人や、罪の意識のせいで心を殺してる人がわかるんだから」

心臓が鳴っていた。そんなに怖いならやめればいいのに、とめられない。

「でも今は……、あってよかったかもって、思ってるんだ。だって……っ」

じっと見られ、息を呑む。

怒っているのか、呆れているのか、わからなかった。温度を一切感じない。感情の読み取れない表情に、責められている気すらする。

「だって、今度こそ助けられるかもしれない。今度こそ苦しんでる人の、君の力に……」

「俺からもその匂いがするってのか？」

目頭が熱くなった。失うのが怖くて、けれどもこれ以上見て見ぬふりをし続けることはできなくて。このままでは、いつか破綻する。そんな確信すらあった。

「初めて会った時から、母が昔漂わせてたのと同じ匂いがしてた。佐埜君はどうしてそんなに苦しんでるんだ?」

とうとう言ってしまった。もう、取り返しがつかない。

「じゃあ教えてやる」

思いのほか冷酷な佐埜の声に、ビクッとした。

「俺は妹を……由香を自殺に追い込んだんだよ。俺のせいで死んだ」

「え……」

ヒュウ、と喉の奥が鳴った。まさか、亡くなっていたなんて。

何か言おうとしたが、言葉にならない。

「だからそれを知ってるあいつにあんたが関わるのが嫌だったんだ。俺が由香を殺したことがばれるからな」

駄目だ。こんなふうに言わせたかったんじゃない。

もういいと言いたかった。ごめんと。無理に聞きたいわけじゃないと。けれども佐埜はやめるどころか傷口を開いて見せるように、続けた。

「俺たち兄妹は、親父に虐待されて育った。お袋も俺たちを置いていった。誰も護ってくれなかったからな。ずっと支配されてたんだよ」

「さ、佐埜君……、ごめ……、……嫌なら……っ」

「あんたが聞いたんだぞ。聞けよ！」

堰きとめていたものが溢れ出す。傍にあるものを手当たり次第呑み込む濁流のように、それは激しく、凶暴で、容赦ない。

「親父が死んでやっと解放されたのに、由香が選んだのは栗原だった。よりによって、親父みたいな支配欲の強い奴。でも、由香を殺したのはあいつじゃない。俺だ」

ラベンダーの香りがした。強烈に。青竹と雨が降る前の水分を蓄えた独特の香りも漂ってきて、幾度となく見てきた死に取り憑かれた人々を思いだす。絶望や罪の意識。

こんなにも強く香るほど、佐埜を追いつめた。

佐埜に救われたのに。自分が救われたように、佐埜を救いたいと思っていたのに。

佐埜に明かされる事実は、より大きなうねりとなって月島を呑み込んだ。

「由香。どうしてまたあいつのところに戻ったんだ。別れるって決めたんだろ？」

その日、佐埜が妹を栗原のもとから連れ出したのは二度目だった。喫茶店に入った二人は、穏やかな光が差し込むボックス席に座った。

客はまばらで、出入り口から見えにくい席は落ち着いて話せる。

「だって、お兄ちゃんを巻き添えにしたくない」

初めて会った時から栗原に嫌なものを感じていた佐埜だったが、その本性を知るのに一年も必要なかった。妻の行動を制限し、監視し、支配する。兄と会うのにも、許可が必要だった。当然門限もあり、少しでも帰りが遅くなるとすぐに電話がかかってくる。

最初に連れ出したきっかけは、決まりを守らなかった罰として飼っていた熱帯魚を排水溝に流したと聞いたからだ。罰を与えることで支配しようとするのは、父親と同じだ。

これ以上あの男のもとへ置いておけないと、自分のアパートに避難させた。しかし、栗原は別居を認めず、毎日のように妻を迎えにきては彼女を精神的に追いつめる。繰り返される栗原の訪問は佐埜の会社にまで及び、彼女は夫のもとへ戻った。

もう一度妹を連れ出したのは、優しすぎる妹が誰のために別居を諦めたのか予想できたからだ。

「この前も、何度もお兄ちゃんの会社に電話したって。会社にも行ったんでしょ？　これ以上迷惑はかけられない」

「別居するって決めたんだろ？」

「そうだけど……このままじゃ、お兄ちゃんが仕事なくしちゃう」

「心配するな。俺は大丈夫だって」

彼女が自分の幸せより、他人を気にするのは昔からだった。すぐに我慢する。優しすぎる妹を見ているとなおさら幸せにしてやらなければと思い、作ってきた折り紙を取り出した。折り鶴のように、胴体を膨らませると立体的になる。

「ほら、お前のために折ったんだ。新作だぞ」

「わ、かわいい。クラゲだ」

それを手のひらに載せ、嬉しそうに笑うのを見て佐埜も笑みが零れる。

クラゲの脚の部分は特に何度も折り込まれていて、今にも動きだしそうだった。妹は生き物が好きで、犬や猫はもちろん、海洋生物でも虫でもなんでも喜ぶ。

「お兄ちゃん、いっつも折ってくれたよね。もうプロみたい」

「お前のためならいくらでも折るよ」

目が合うと、彼女は困ったような顔をした。

「お兄ちゃん、私のことばかり考えてくれる。自分も大事にして」

「自分を大事にしてるから、お前に幸せになってほしいんだろ」

たった一人の妹だ。血の繋がった家族でいとおしいと思える相手は、彼女しかいない。

「俺の部屋はばれてるから、友達のところに行け。よくお前を心配してくれた仲村って子がいただろ。いつでもおいでって言われてるって」

「うん、ナカは相談にも乗ってくれるんだ。……電話、してみようかな」

ようやく決意を口にした彼女を見て、安心した。今度こそ栗原から引き離せると思った。しかし、それはただの独りよがりだと思い知ることになる。

『お義兄さん。お義兄さんのせいで、由香が自殺しましたよ』

アパートにいた佐埜のところにかかってきたのは、栗原からの電話だった。

友達の部屋に避難して二週間ほどが経ってからだ。栗原は今警察署にいると言い、マンションのベランダから転落死した妻の身元を確認するために呼ばれたという。

『由香は僕のところに戻ってきたのに、またお義兄さんが連れ戻すから』

妹の死を聞かされた佐埜は、突然のことに足が震えた。栗原が嘘をついているとさえ思った。

「由香が……死んだ、のか……?」

『そうですよ。ベランダから身を投げてね』

「嘘だ。由香が死んだなんて……っ、自殺したなんて……嘘に決まってる」

『だったら警察署に来ればいい。あなたの束縛が由香を追いつめたんですよ』

二週間前に見た妹の笑顔が蘇り、立っていられなくなった。ガチャン、とテーブルが音を立てる。マグカップが床に転がり、コーヒーが零れる。折り紙が散らばった。

折り紙にコーヒーが染みていくのを、じっと眺める。パステルカラーが茶色に染まっていくさまは、妹の心を見ているようだった。彼女の心は、こんなふうに希望が絶望に塗り替えられてきたのだと。

「そ、束縛してたのは……お前、だろう」

『だったら、どうして僕のところから逃げた今、命を絶つんですか？　友達のマンションに避難できてホッとしてるなら、そこから飛び降りたりしないですよね！』

反論できなかった。

栗原の言うとおりだと思った。栗原から逃げたかったのなら、逃げた先で自殺なんかしない。

『由香は戻ってきた。一度は僕のところに戻ってきて、やり直そうとしたんですよ。それをまたお義兄さんが連れ戻したんじゃないですか』

まくし立てられると、栗原の言うことが正しいと思えてきて何も言えなくなる。

『支配してるのはどっちです？　由香は自分で考えて僕とやり直す決心をしたのに、あなたが自分の思いどおりにしようとするから、絶望して……っ』

愕然（がくぜん）とした。信じていたものがガラガラと音を立てて崩れる。

支配していたのは、自分だったのか。妹を苦しめていたのは、自分だったのか。

『由香はよく言ってました。お義兄さんは由香のことばかり考えてるって。それって、束縛されてるって証拠じゃないですか？』

そう言われ、喫茶店で言われた言葉が蘇る。

『お兄ちゃん、私のことばかり考えてくれる』

今考えると、感謝の言葉に重荷に感じる彼女の本音が隠されていた気がした。もう放っておいてと言えない優しさが、妹を苦しめていたのだろうと。

一度そう思うと、それ以外考えられなくなっていた。


「俺が護るつもりだったのに、あいつから護ったつもりになってただけで、由香を支配してたのは俺だったんだ。だから、絶望した由香は……」

苦痛に顔を歪め、佐埜は力なく続けた。

「俺はそんな人間なんだ。わかっただろう？　今、あんたにも同じことをしてる」

何も言えなかった。確かに栗原には近づくなと一方的に言われた。けれども、それを支配と言っていいのだろうか。

無理強いされたわけでも、脅迫されたわけでもないのだから。

「俺はいつも誰かを不幸にする。大事にするつもりが、支配しようとする。それで妹も失った。だから、あんたとはもう会わない」

もう会わない。

その言葉が、胸の奥深く突き刺さる。

もう会わない。

それは、鉄の槍(やり)みたいだった。重く質量のあるそれは、大きな衝撃とともに月島の心臓を貫き、刺さったままずっしりとのしかかる。抜こうとしても、抜けない。重くて、つらくて、身動きが取れなかった。何か言いたかったが、何も浮かばない。目の前に突きつけられた別れを、ただ呑み込むことしかできないのだろうか。

「俺も一人のほうが楽なんだ」

佐埜君、と言おうとしたが、唇が動いただけで声にならない。

重い扉は閉じられたのだ。二度と開かないだろう。頑丈なかんぬきがゴトン、と音を立てて佐埜の心を封印する。どんなに叩(たた)いても、声をあげても、届かない。

佐埜が踵を返し、姿が見えなくなってもそこから動けなかった。人の姿が途絶えた道路を、街灯が照らしている。月は雲の向こうに隠れていたが、自分の中の潮騒が激しさを増していくのを感じる。波の音が聞こえるほどに。

砂を巻き上げ、その下に隠れているものを露(あら)わにする。

『いつか、聞いてくれるか?』

あの時の言葉を思いだして、眉根を寄せる。待ってくれと縋(すが)りつきたかった。それができたらどんなによかっただろう。

月島の脳裏に浮かぶのは、佐埜と心が通じたと思えた日のことだ。晴れ渡った空と、踏みしめた草の匂い。そして、軽く触れ合うだけのキス。

あの頃は、打ち明けてくれる日が来ると信じていた。そんな存在になれるのだと。

だが、『いつか』は永遠に失われた。

佐埜が月島のもとを去ってから、一週間が過ぎた。

佐埜が残した折り紙が、店で、部屋で、変わらず命の息吹を感じさせる姿で見る者を楽しませていた。しかし、もう二度と新しい仲間が加わることはない。

この一週間、どんなふうに過ごしたのかよく覚えていなかった。乾いた日々の積み重ねだった。冬限定メニューも考案しようとしたが、進んでいない。

「なぁ、りくちゃん。最近、佐埜君来ねぇなぁ」

カウンター席のトミが、つまらなそうな顔をしていた。

「うちの味に飽きちゃったんですかね」

「んなこたぁねぇだろう。りくちゃんの味は何回だって食べたくなる味だよ」

「トミさんがそう言ってくれると嬉しいです」

店の中から見える外の景色は寒々としていて、本格的な冬の訪れを感じさせた。客は皆、寒そうに肩をすぼめながら入ってくる。

「いらっしゃいませ。空いてる席へどうぞ」

二人組の客は、窓辺の折り紙を見るなり嬉しそうにボックス席に座った。

「あー、あったあった。やっぱりここだ！」

「わ、やっぱりすごいね。わたしこれ欲しい」

メニューよりも先に折り紙に興味を向ける二人に、水とおしぼりを運ぶ。声をかけて厨房に戻ってもなお、二人はまだ話に夢中だった。

「これどうなってるんだろ。解体したらもとに戻せなさそう」

「切ったりしてるのかな？」

「してるんじゃない？　ハサミ入れなきゃ無理でしょ」

聞き耳を立てずとも、会話はすんなり耳に飛び込んできた。注文を取りに行くタイミングを計っていると、我慢できなくなったらしくトミが自慢げに言う。

「切ってねぇよ。一枚の紙からできてるんだ」

「えっ、そうなんですか」

「ああ、すげぇだろう。折り紙のことはどこで知ったんだ？」

彼女たちの話によると、ＳＮＳで作品を見て一目惚れし、購入したくて店に来たという。

「もしかして作者さんをご存じなんですか？」

「ああ、知ってるよ。ここの常連だ」

「買いたいんですけど、販売されてないんですか？」

「本人に聞けばいい。りくちゃん、佐埜君の連絡先知ってんだろ？」

「え……っと、実は知らないんです」

嘘だった。履歴にもアドレス帳にも残っている。

「りくちゃんが知らないなんて意外だな。俺は知ってるぞ。ほら、草野球の時。あん時無理やり聞いたんだよ。またメンバーが足りなくなったら呼びだそうと思ってよ」

「それならトミさんから電話してあげてください」

きゃあ、と嬉しそうにはしゃぐ彼女たちの声に、気持ちが沈んだ。

佐埜は折り紙を折るだろうか。

佐埜は妹のために折りはじめたと言っていた。店でぐずる女の子のおかげで、月島は出会えたと言っていい。それはいつしか月島のために折られるようになり、慰められるようになった。兄を演じ続けることに疲れた時の、佐埜が置いていった優しさ。

折り紙は、いわば佐埜とを繋ぐ一本の糸でもあった。商品として売り出されるようになれば、その繋がりが消えてしまう気がして素直に喜べない。

いや、もう繋がりなんてない。未練があるだけだ。

女性客の喜ぶ声を聞きながら、そんなふうに嗤う。

忘れようと思った。忘れなければと。

それから冬限定の新しいメニューを一人で考え、クリスマスが来て、年末年始の忙しい時期を気力だけで乗り越えた。寒さはますます厳しくなり、窓辺に飾られた変わらない姿の折り紙の向こうで季節が移ろう。気がつけば、年が明けていた。

実家へ帰省できたのは、成人の日が過ぎてからだ。二月も目前になってからの帰省に母は不満を漏らすだろうと思っていたが、予想外の言葉をかけられる。

「ねぇ、そら。あなた働き過ぎじゃないの？」

「ごめん、年末年始は忙しくて。本当は一緒に年越ししたかったけど」

「いいのよ。ちょっと痩せたみたいだから心配なだけ」

近くのイタリアンレストランで昼食を摂った月島は、母親と二人で庭を眺めていた。父親は出かけている。いつも妻の面倒を見るだけの生活に疲れているだろうと、今日は夕方まで一人の時間を過ごしてもらうことにした。

けれども、母と二人の時間は思っていたより楽ではなかった。帰省がこれほど重荷に感じたのは、久しぶりだ。佐埜と出会ってから前向きになれていたが、今は母を思いやる余裕がない。

「秋バラの季節も来られなかったわね。去年は結構返り咲いたのよ」

「ごめん。忙しくて」

「弁護士さんだもんね。いいのよ、依頼人のためにお仕事頑張って。そらは昔から誰かの役に立つことをしたがる子だったもの」

つき続ける嘘に慣れたはずなのに、月島は心の中でこう訴えていた。

りくだよ、母さん。

真実を打ち明けたいわけではなかった。ただ、母といると自分が本当に存在しているのかわからなくなる時がある。あの交通事故で死んだのは自分で、生きていると勘違いしたまま彷徨（さまよ）っているのではないかと思うことすらあった。兄に取り憑き、自分はそらじゃなく、りくだよと訴える存在になっているだけなのではと。

生きて、母と話しているのは兄かもしれない。

「早く春にならないかしら。冬場は庭が寂しくて」

自分が存在していることを確かめたくて、ガラスで確認した。けれども、うっすらとしか映っていないその姿を見ても、確信できない。

こんな顔をしていたっけ。

「パンジーとかビオラは冬に咲くんだけど、宿根草の根が生きてるから、根を避けるとどうしてもポツポツとしか植えられないからみすぼらしくて。みんなどうしてるのかしら」

自分はこんな姿をしていたっけ。

「冬場は鉢植えだけで我慢しようかしら。そら、聞いてる?」

「ああ、ごめん。ちょっとぼんやりしてただけで、聞いてるよ」

母親の言葉に再び庭を見る。

半年前、そこは緑でいっぱいだった。真夏の日差しは刺すようで、強い光に目を細めていた。色が飛ぶほどの強い光の中にいたのに、今は寒さに沈んでいる。漂っていた草の匂いは消え、土ばかりが剝き出しになった庭は、寂しさばかりが漂っていた。

同じところにいるのに、こうも違うのか。

『いつかお袋さんにちゃんと自分だって言えるといいな』

佐埜に言われた言葉が蘇り、あの時の前向きな気持ちも失っていることに気づく。

いつか。

踏みしめた緑のむんとする匂いの中で交わした約束も、自分が兄ではなく弟のほうだと打ち明けられる日が来るという希望も、見失ってしまった。

「なんだか温かい飲み物が欲しくなってきたわ。ココアいる?」

「うん。俺が作ろうか?」

「いいわ。お母さんがやるから。そらは座ってて」

キッチンに立つ母親の姿をぼんやり見ていたが、ふと思い立ってスマートフォンを出す。

一週間前、加世子が大ニュースだと言って店に飛び込んできたのは、五人の作家による合同展覧会の案内だった。その中に、佐埜の名前がある。ＳＮＳで佐埜の作品が多くの人の目にとまり、折り紙作家として展覧会に出品するまでになっていたらしい。

できたわよ、と声をかけられて我に返った。渡されたマグカップで指先を温める。

「何見てたの？」

「なんでもない」

「そう。そろそろお夕飯の支度しなきゃ。そらも手伝ってよ。今日の夕飯は……」

楽しそうな母の話は頭に入ってこないが、なんとか頭を働かせて相づちを打った。ココアを飲み終えると、一緒に台所に立つ。

そらは、そらは、と兄の名前を呼ぶ母の横で、指示どおり皿を出したりジャガイモを潰したりした。佐埜と会う前から長年続けてきたことだ。もとどおりになっただけで、これからも繰り返す。

そう思うと、砂漠のど真ん中に置き去りにされたようで途方に暮れた。右に行けばいいのか左に行けばいいのか、まったくわからない。オアシスも見えない。


月島が展覧会を観に出かけたのは、三週間の期間を折り返したところだった。会場は小さなギャラリーだったが、思ったより人が集まっている。

来るつもりはなかったのに、足が向いていた。少し離れた場所から会場を眺めるが、なかなか入る気になれない。緊張からか、事前に購入していたチケットは手汗で少しよれよれになっていた。

あれから月島は、佐埜を忘れようと努力した。だが、時折トミや加世子の話題にのぼるため、そのたびに佐埜の存在が自分の奥深くまで入り込んでいると痛感するばかりだ。こんな状態で、展覧会に来てよかったのかとも思う。

だが、作品を見るだけだ。少しだけだ。

作家が毎日顔を出すとは限らない。佐埜が仕事を辞めて折り紙作家一本に絞ったとも思えない。平日なら鉢合わせすることもないだろう。

念のため佐埜の姿がないことを確認し、出入り口でチケットを出して中に入る。

佐埜の作品は出入り口から一番遠い奥のスペースだった。佐埜はいないのに、まるで本人に会いに行くように心臓がドキドキしている。人の間から覗く作品が見えただけで、胸がいっぱいになった。佐埜はどんな想いを込めて折ったのだろう。

その前に立つと、迫ってくるものがある。

「すごい」

思わず声に出た。久しぶりに見る新作は、月島の部屋にあるものより進化していた。会わなかったこの数ヶ月を、時の流れを思わせる。佐埜と一緒にいたあの頃が、ずっと昔のことなのだと視覚で訴えられているのと同じだ。

時間的な意味だけでなく、心のあり方という意味でも。

佐埜は心に区切りをつけて歩きだしている。見せつけられた佐埜の躍進に、自分はもう関わってはいけないのだと痛感した。

「本当に……すごい」

じっくりと時間をかけて見ていき、最後の作品に息を呑んだ。『再生』というタイトルの作品は、蝶が羽化する様子を連続で表現していた。和紙で折られた五つの折り紙は固く押し黙ったさなぎからそれが割れて躰の一部が見えるところへ。次に割れ目を押し開いて躰を半分ほど外へ出すところへ。そして縮こまった翅を広げていく姿となる。最後には、完全な姿となり、今まさに空に飛び立とうという瞬間を切り取っていた。

動かないのが不思議なくらいだった。少しでも目を離せば、飛んでいきそうな生命力を感じる。生きることに健気で、力強く、美しい。

自分のために折ったのだろうか。それまでの関わりを捨てて、一から築きあげていこうという意志の表れかもしれない。

涙が出ていた。慌てて拭うともう一度目に焼きつける。

来てよかった。これは、いつまでも未練を断ち切れない月島への優しい決別だ。

「気に入られました？」

女性に声をかけられ、我に返ると場所を譲る。

「あ、すみません。独り占めしたみたいで」

「いえ、構いませんよ」

彼女は客ではなく展覧会を主催しているメンバーだと名乗った。芸術家の卵たちにチャンスを与えるため、クラウドファンディングで集めた資金をもとに、各地で展覧会を開催しているという。

「ボランティアですか。すごいですね。他人のためにそこまで」

「応援するのが好きなんです。自分にはゼロから生み出す力はないので。作家さんの収入になれば、次の作品に繋がります」

「この場で売買契約を結んだりするんですか？」

「はい、ご希望があれば。あ、でも残念ながらこの作家さんの作品は例外です。そういうのはしないって決めてるらしくて。芸術家を目指してるわけでもなくて、なんだかもったいないなぁって」

佐埜らしい、と目を細めた。歩きだした佐埜の背中を応援しながら見送る気持ちになり、彼女に頭をさげて会場を出た。

胸がいっぱいで、何度も涙を堪(こら)えた。寂しさと喜びと惜別と、いろいろな感情が交ざり合っている。決して戻らない日々を思いだしながら、想い出を胸に駅までの道を歩いていく。死の匂いがあると確信したできごとがきっかけで駅が苦手になったが、雑踏の中に身を置きながら、自分も踏み出さなければと思った。

いつまでも臆病な子供のままではいられない。


「よかったんですか？」

声をかけられ、控え室にいた佐埜は瞼の裏に焼きついた月島の姿を心に刻んだ。

「はい。特に話すことはないから」

「すごく気に入っていたみたいです。ずっと作品の前に立ったままで……多分、泣いてらしたと思います。感動されたんじゃないですかね」

「そうですか」

まさか、本当に来てくれるとは思っていなかった。たまたまだ。今日はたまたま時間ができたから足を運んだだけで、月島を待とうだとかそんな気持ちはなかった。

それなのに――。

この数ヶ月、月島を想いながら過ごした。会うつもりのない相手を心に浮かべることだけが、支えだった。

展覧会に参加したきっかけはトミだった。『そらのテーブル』に作品を見に来た客が、店に飾られた折り紙を見て作品を買いたいと言っていると連絡が入った。一度は断ったものの、その繋がりで若手芸術家をサポートする団体と知り合うこととなり、展覧会への出品を持ちかけられた。もちろんそれも断ったが、説得される中で考えが変わった。

栗原に脅されている以上、月島と会うことはできない。だが、子供のように目を輝かせて折り紙を見る彼の目にとまることがあれば、慰められるかもしれないと思ったのだ。

「コーヒーでも飲みます?」

「いえ、もう帰ります」

栗原も展覧会のことは知っている。月島が今日ここに来たことがばれる可能性もあったが、さすがにそこまで暇ではないらしい。あの男なら探偵でも雇って監視を続けることくらいしそうだが、ここ数ヶ月、月島とはまったく連絡を取っていないのだ。もう監視の対象から外しているのかもしれない。

このまま月島から興味をなくせばいい。

それは、祈りでもあった。

佐埜のいない生活に慣れたのか、それとも慣れないまま時間だけが過ぎているのか、よくわからなかった。

数ヶ月前までカウンター席でおにぎりセットを食べていたのに、もう何年も経ったような気がする。佐埜は本当に存在していたのかという感覚すらあり、あれは自分が見ていた夢じゃないかとすら感じるようになっていた。栗原もあまり姿を見せなくなっていて、それが余計に佐埜がいた日々を儚く感じさせている。

栗原の友人からケータリングの注文が入ったのは、その矢先だった。

花見の集まりで、桜の下は花見の人でいっぱいだからと別荘のベランダから見える夜桜を観賞するという。月島も到着した時に見せてもらったが、花の真下で見るのとは違った風情があった。

「あ、わたしラザニア食べたい」

「食べたいじゃないでしょ。お願いしますって言うのよ」

「は～い。ラザニアお願いしま～す」

十歳くらいの女の子に言われ、月島は目線を合わせて丁寧にお辞儀をした。

「かしこまりました。お作りしますので少々お待ちください」

大人のような扱いが嬉しかったのか、頬を上気させ、母親と目を合わせて笑う。

今日は天体ショーの観察で呼んでもらった時のメンバーもいたが、前回と違って家族を連れてきているからか、賑わっている。腰を据えて飲みはじめた男性陣から話が聞こえてきたのは、ひととおり食事が終わり、使わせてもらったオーブンの掃除をしている時だった。

「栗原はやっぱり来なかったな」

月島は思わず手をとめた。彼らはワイングラスを手に、月島が用意したセロリのピクルスなどをつまんでいる。

「あいつは事故で奥さんを亡くしてるから、家族参加の集まりはきついんだろうな」

「奥さんのこと溺愛してたもんな」

「転落死か。突然すぎるよな。友達のマンションだっけ?」

耳に飛び込んできた内容に、ドキリとした。

自殺と聞いているが、親しい友人でも本当のことは言わないだろう。できるだけ話を耳に入れないように心がけるが、途切れ途切れに情報は入ってくる。

「誰かを恨みたくなるのはわかるけど、義理のお兄さんのせいにするのはさすがにな」

「やっぱり恨んでるのか?」

「おおっぴらには態度に出さないけどな」

会話の内容から、警察は自殺ではなく事故と結論づけたとわかった。それなのに、なぜ自殺と決めつけているのだろうか。佐埜も妹は自殺したと言っていた。

疑問は解消されないまま、話題は子供の話に移った。諦めて、片づけを終わらせる。

「本日はありがとうございました。使わせていただいたものはもとの場所にしまってありますが、念のためご確認ください」

「すみません、掃除までしてもらって。もともと汚れてたからよかったのに」

確認を終え、別荘をあとにした。ナビどおりに車を走らせながら考えるのは、先ほど聞いた話についてだ。

佐埜は妹の自殺は自分が栗原から引き離した結果だと思っているが、彼は誰かを束縛して追いつめるような人間だろうか。そもそも自ら命を絶つと決めた時、友人の部屋をその場所に選ぶだろうか。

小さな違和感は、日が経つにつれてどんどん大きくなっていく。

そんな月島の前に栗原が現れたのは、二週間ほど経った平日で、最後の客が会計を済ませた直後だった。

「こんばんは、月島さん。まだ大丈夫ですか？」

ドアから顔を覗かせる栗原を見て、なぜかドキリとした。ヒヤリと言ったほうがいいのかもしれない。

「どうぞ。先日、ご友人からケータリングのご注文をいただきました」

「そうだってね。それを聞いて、久々に食べたくなって来たんだ。閉店だったのでは？」

「いいえ、構いませんよ。材料はまだありますし、貸し切りってことで」

「悪いね。残業させてしまって。義兄は元気？」

佐埜が店の常連とはいえ、月島に聞くだろうか。親戚である栗原のほうが知っていそうなものだが。

一つ何かが引っかかると、その言動の裏に別の意図を探してしまう。

「佐埜君はもうずっと来られてないんです」

「そうなんだ。義兄も忙しそうだから」

栗原はおにぎり二個セットを注文した。トレイを運ぶと、手を合わせて「いただきます」と言う。相変わらず背筋がピンと伸び、少しの隙もなかった。何をするにも丁寧で、食べている最中でさえ気を緩めてはいないようだ。

「粕汁（かすじる）なんて食べたの久しぶりだ。汁物のメニューも増えたんですね」

「はい。曜日によって変えてみようかなって。今年は夏場に冷や汁も考えてます」

「妻も連れてきたいんだけど」

連れてきたかった、ではないのは、栗原もその死をまだ受け入れられていない証拠なのだろうか。

「知ってるんでしょう？　僕の妻が亡くなってること」

「あ、はい。すみません。以前、ぜひご一緒に、なんて言ってしまって」

「いいんですよ。妻がもういないって伝えてなかったし。どうして今も生きてるような言いかたをしてしまうのか、自分でもわからないんです」

栗原から感じるのは、亡くなった妻への深い愛情だ。それは確かだ。間違いない。それなのに、この違和感はいったいなんなのだろうか。

「不運な事故だったんですよね」

「妻は自ら命を絶ったんですよ」

きっぱりと言い放たれ、言葉を失った。聞き間違いかと思い、確かめる。

「事故、じゃないんですか？」

「どうしてそんなふうに思うんです？」

思いのほか強い口調だったため、戸惑った。これまでの人当たりのよさは消え去り、尋問しているかのような視線を送ってくる。

「気を悪くなさったのなら、謝ります。ご友人が話しているのを聞いてしまって」

「義兄からはなんて？」

「あの……それは……」

「彼からも聞いたんでしょう？」

次第に追い込まれていくのを感じた。ボードゲームの駒のように、少しずつ周りを固められ、最終的には栗原の思いどおりに動かされる。格上の対戦相手だ。

「自ら命を絶ったと聞きました」

「ではなぜ、月島さんはさっき不運な事故だと？」

「無責任な憶測ですから」

「いいんです。でも、そう思う理由を聞きたいな」

「本当にもうしわけ……」

「そう思う理由を教えてほしいんですよ。謝らなくていい」

丁寧な言葉にもかかわらず、断れない言いかただった。弁護士なら、依頼人の利益を守るために他人を追及することもあるだろう。

言っていいのか。

躊躇（ちゅうちょ）したが、栗原を前にすると不思議と誤魔化しなど利かないと諦めさせられた。

「お亡くなりになった場所は、ご友人のお宅だったと聞きました。自ら命を絶つのに、そこを選ぶかなと思って」

「しばらく泊まってたんです。僕の仕事が忙しくてなかなか帰れない日が続いてね。あんまり寂しがるから気晴らしに友達のところへ行ってこいって」

平気で嘘をつく栗原が、怖くなった。彼女が友人宅に身を寄せていたのは、佐埜が連れ戻したからだと聞いている。顔色一つ変えずに、そんな嘘が言えるものだろうか。

「子供みたいなところもあってね。僕がちゃんと見ててあげないといけなかったのに。妻が自分を管理できない時は夫がすべきでしょう?」

妻に向かって管理なんて言葉を使うことに違和感を覚えたが、栗原の意見に従わなければならない雰囲気だった。頭ごなしに叱られるような気分で、萎縮する。栗原の意見を否定できなくなる。大人になってこんな気持ちにさせられたことはない。

「そうですね。おっしゃるとおりです」

言いながら月島は、決まりを守らなかった罰として佐埜の妹が飼っていた熱帯魚を栗原が排水溝に流した話を思いだしていた。あの時はあまり現実味がなかったが、こうして栗原と話している今は、よくわかる。

そうだ。栗原は言いつけを守らなかった罰として、熱帯魚を殺すのだ。大事にしているものを破壊する。そうやって佐埜の妹をコントロールしていたのだろうか。

「僕はちゃんと夫の役目を果たしていたのに、妻にはわかってもらえなかった」

「栗原さんは……何も、悪くないです」

「妻はまだ子供だったんですよ。何も知らない子供で、だから守りたかったのに」

悔しそうに言ったあと、栗原は我に返ったように笑顔になると食事を再開した。たった二人の店内が息苦しい。それは、会計が終わって栗原が店を出るまで続く。

栗原が帰ると、正直ホッとした。こんな感覚を佐埜の妹も味わっていたのではないだろうか。そんな気持ちにさせられる。

残されたトレイには、定規で測ったように器や箸が並んでいた。

5

それは、なんの前触れもなくやってきた。音を立てることなく、静かに。息を殺して忍び寄ってきたそれは、圧倒的な力で月島が築いてきたものを粉々に砕き、すべてを壊す獰猛さを孕んでいる。それなのに、肩を叩かれるまで気づきもしなかった。

「どうしたの、そら」

母親に声をかけられ、月島は我に返った。目の前の鉄板では、プロの手により最高ランクの牛ヒレ肉がフランベされている。

「あ、ごめん。ぼんやりしてた」

「今日はなんだかずっと上の空よ。何か心配事でもあるの？」

「大丈夫。仕事で難しい案件を抱えてるだけだから。よくあることだよ」

その日、月島は両親とステーキハウスに来ていた。値は張るが、時々連れてくるのは、弁護士の息子を自慢に思う母親の理想を満たすシチュエーションだからだ。ここに来ると、息子の仕事が安泰だと安心してくれる。

「美味しいお肉ね。こんな贅沢していいのかしら」

「大丈夫だよ、母さん。なかなかゆっくりできないからたまには親孝行させて」

栗原(くりはら)の訪問以来、月島はずっと佐埜(さの)のことを考えていた。妹の自殺の原因は、佐埜の束縛であるはずがない。警察が断定したとおり不幸な事故だった。

事実はねじ曲げられている。

「わたしたちには贅沢な食事だわ。ねぇ、お父さん」

「そらがそうしたいと言うんだ。素直に甘えなさい」

ゆっくりとコース料理を味わい、最後のデザートを食べ終えて店を出ると、外は穏やかな空気で満ちていた。

「お腹(なか)いっぱい。過ごしやすい季節になったわね。この時間でも全然寒くないんだもの」

母親が歩きたいというので、散歩がてら駅に向かった。風はほとんどなく、人々の足取りも心なしかゆったりしている。

佐埜はこの先も妹の死に責任を抱いたまま生きていくのだろうか。

再びそのことが頭に浮かび、胸の奥がしくりと痛む。

そう思うと苦しかった。知らせたい。教えてやりたい。佐埜のせいではないと言って、本来背負う必要のない罪から解放させてやりたい。けれども、あんな別れかたをして今さら会ってくれるとも思えなかった。素直に自分の話に耳を傾けてくれるとも。

その時、背後から声をかけられて足をとめた。振り返った月島は、心臓に冷水を浴びせられた気分だった。栗原がいる。いるはずのない男の姿に、頭の中が真っ白になる。

「月島さん、偶然ですね」

「えっと……はい。栗原さんは、どうしてこんなところへ？」

「ご両親とお食事ですか？」

質問には答えず、逆に聞いてくる栗原に危険を感じた。悪い予感しかしない。

「はい、たまには親孝行でもと思って」

「僕は仕事でこの辺りまで来てね。食事するところを探してたんですよ」

心臓が暴れていた。栗原は月島が母親に弁護士だと嘘をついていることを知らない。このまま立ち去ってくれと祈るが、栗原からそんな気配は微塵も感じられなかった。

「そら、どなた？」

「こんばんは、栗原と申します」

月島が紹介するより先に挨拶され、混乱した。どうしたらこの場を切り抜けられるのか考えるが、冷静になれない。

「友人、と言っていいのかな。弁護士をしてましてね」

「まぁ、そうでしたの。お仕事でご一緒したりするのかしら」

「いえ、仕事で一緒になることはないですけど」

栗原の笑顔に意図的なものすら感じた。気のせいであってほしいと願うが、月島の望みとは逆のほうへと事態は転がっていく。

「月島さんのお店ではいつも美味しいご飯をいただいて、僕の事務所でも月島さんのおにぎりは評判なんですよ」

「おにぎり？」

「ええ、『そらのテーブル』はうちの事務所で好評です。お母様は息子さんのお店でお食事されたりはしないんですか？」

「わたしらはこれで失礼します。行くぞ」

父親が急いで母親を遠ざけようとするが、栗原はそれを許さない。

「月島さんのお店は、地元紙の取材も断ってるそうですね。人気のお店なのに、どうして取材に応じないのか不思議なくらいです。一人で切り盛りされてるから、お客さんが増えると困るからかな？」

「待って、このかた何をおっしゃってるの？」

首を傾げる母親に、月島は自分の中に積み上げてきたものが音を立てて崩れる様子を見た気がした。危ういバランスを保っていたそれは、いつ壊れてもおかしくはなかった。それを必死で守ってきたのだ。

わずかな風や、ちょっとした振動にさえ気を配り、両手で囲んできた。だが、もう誤魔化せない。母親の関心は完全に栗原へと向けられている。この場を切り抜けたところで、あとで追及されるだろう。

栗原はさらに続けた。

「お母様はりくさんのお店に行かれないんですか?」

「りく? 何をおっしゃってるの? りくは交通事故で……」

言いかけて、恐る恐る月島に目を遣る。その表情は恐怖で凍りついていた。

「そら? あなたそらよね?」

「……母さん」

「そら? りくはどこ? そらは? 待って、どういうことなの?」

「落ち着きなさい」

自分を宥める夫の声など、耳に入っていないようだった。栗原の袖を掴んで必死に訴える。

きつく握り締められた手に、母親の切実さが現れていた。

兄を求める差し迫った心に、責められているようだ。

「ねぇ、あなた今、あの子に向かってりくって言った? あなた、りくって言ったでしょう? そうよね? そう言ったでしょう?」

「困ったな。僕、何か余計なことを言ってしまったかな?」

「――頼むから消えてくれ!」

父親が怒鳴り声をあげると、頭をさげて立ち去る。

「では僕はこれで」

愉しそうだった。人が壊れていくのを見て愉しんでいるとすら思えた。

なぜ、そんなひどいことをするのだろうか。なぜ、母を壊そうとするのか。

「待って！　行かないで！　ねぇ、教えてちょうだい！　あなた、弁護士さん？　そらの同僚じゃないの？」

「いいから落ち着きなさい。あの男は違うんだ」

父親がどんなに宥めても無駄だった。取り乱す彼女を通行人たちが奇異の目で見ていく。

「待って！　お願いだからそらの居場所を教えて！　あなたと同じ弁護士のそらよ。月島そら。ご存じのはずよ！　いやっ、待って！　お願い……だから、待ってぇぇ……」

ふいに、そして目眩を覚えるほど強烈に、自分の人生にまとわりつく匂いに包まれた。

青竹と、雨が降る直前の水分を蓄えた空気の匂い。それにラベンダーの微かな甘さが混ざった複雑な香り。

半狂乱になる母親を見ているしかなかった。そら、そら、と兄を呼ぶ母親の心に自分の存在など微塵もないのだと思い知らされる。

虚しさだけだった。どれほどの努力も、兄の存在には敵わない。

母親の気を引こうと必死だった子供の頃を思いだす。兄が交通事故で亡くなり、自分も悲しみを背負いながら母を元気づけようと、兄のようになろうとした。

母が、自分が大好きな優秀な兄に。

テストでいい点数を取った時も、読書感想文で入選した時も、大きなカブトムシを見つけた時も、いつだって兄の代わりに母親を喜ばせようと努力してきた。けれども、所詮擬態しているにすぎないのだ。母が気持ち悪いと言ったあの虫のように、本物の姿を借りて自分を護っているだけだ。

「タクシーを呼ぶんだ。帰るぞ」

「ああ、あなた。あなた……そらはどこ？　ねぇ、そらはどこに行っちゃったの？」

力なく項垂れて啜り泣く母親の声を聞いているだけで、心が壊れていくようだ。ばれてしまった。

呆然と立ち尽くし、その結果を見ていることしかできなかった。


恐怖で凍りついていた母親の表情が、忘れられなかった。

あれは息子に向ける目じゃない。息子を喰い、息子に成り代わっていた怪物でも見るような目だった。

長年嘘をつき続けた結果だ。あの時の判断は間違いだった。初めてブレザーに袖を通した日、自分をそらと呼んだ母に話を合わせて兄を演じるなんて、すべきではなかった。

佐埜に出会い、いつか本当のことが言えるかもしれないと希望を持ったこともあったが、もたらされたのは最悪の結果だ。これまで嘘で固めてきたものが崩れ去ると、そこには何も残っていないと思い知らされるだけだった。

「……疲れたな」

あれからタクシーを呼び、実家に戻った。母親は一度は落ち着いたが、世話になっている精神科医のところへ連絡する父の声を意識の隅で聞いていただけで、あまりよく覚えていない。どうやって部屋まで帰ってきたのかも、記憶になかった。

もしかしたら、母親はこのまま壊れてしまうかもしれない。そんな恐れを抱きながら部屋の隅で寝た。ベッドに入る気力すらなかった。躰(からだ)を丸め、縮こまり、寝たり起きたりを繰り返す。

月島のところに父親から電話があったのは、翌日だった。窓の外は明るいが、今が朝なのか昼なのかよくわからない。

『りく、お前は平気か？』

「うん」

『あの男は知り合いか？』

「うん」

『うちの事情を知らなかったようだが、あんなところで会うなんて、運が悪かった。お前のせいじゃない』

なぜ栗原があんな場所にいたのだろう。

考える気力がなかった。母親に嘘がばれ、母が壊れかけているという事実があるだけだ。

『すまなかった。お前には、悪かったと思ってる』

「うん」

『お前も母さんのかかりつけの先生に一度話を聞いてもらったほうがいい。お前には負担ばかりかけてしまった。本当にすまない』

「うん、大丈夫だよ。……大丈夫」

『母さんの状態がよくなったら、きちんと話がしたい』

「うん、わかった」

話の内容が入ってこず、なんとかそう答えて電話を切る。

店を開ける気力は当然なく、そのまま数日が過ぎた。臨時休業の貼り紙すらしていなかったからか、心配したトミが様子を見にくる。裏口の外から呼びかけられたが、出ていっても余計な心配をかけるだけだと居留守を使った。今は作り笑いすらできない。

何日経ったろう。

ある日、ふと自分の人生にまとわりつく匂いに気づいた。母親が我を失った瞬間、強烈に香ったあの匂いがまた漂っている。

月島は、寂しい部屋を見回した。

誰もいないのに。

一人なのに。

窓際の折り紙が、差し込む光を浴びている。直射日光のせいで色が飛んで見え、それは魂を失った抜け殻のようだった。あれほど命の息吹を感じていたのに、容れものだけの残骸に見える。なぜか自分の姿と重なった。

そしてようやく気づく。死の匂いは、自分からしているのだと。

「そうか……」

ふ、と力なく嗤い、落ちてくる前髪を掻き上げた。

死にたかったのは自分だ。ようやくそれがわかった。

いつから漂わせていたのだろう。わからない。わからないが、少しホッとした。楽になる方法を見つけられた気がする。楽になれると、安堵が胸に広がる。

月島はゆっくりと立ちあがり、キッチンへ向かった。何ヶ月か前までは、ここで笑っていた。笑いながら食事を作っていた。今はひんやりとして、物寂しい。

佐埜のためにペリメニを茹でたのは、出会って間もない頃だ。あの頃は、死の匂いを漂わせる佐埜に近づくまいとしていた。佐埜の引力に、心の中の潮騒がいつもざわめいていたように思う。自分の抱えている事情を知られたくないと、いったんは離れようとしたが、それもできなかった。誰にも言えなかったことを告白できたのは、つらい過去を背負う佐埜の優しさのおかげだろうか。

あの時のことを思いだしながら、シンクの下の棚から包丁を取り出した。刃が鈍く光っている。これを使う時、いつもその向こうに誰かの幸せを思い描いた。

今は何も浮かばない。自分には、何も残っていない。母には嘘がばれ、佐埜はとうに去っている。

もう、何も残っていない。何も。

包丁を握る手に力を込めた。外の光はキッチンまで届いておらず、手元がよく見えるようシンクの上の灯り(あか)をつけて跪(ひざまず)いた。このほうが力が入れやすい。

痛みに対する恐怖はなかった。早く終わりたいだけだ。

「……っく」

手首に刃を当て、グッと押し込むように手前に引いた。途端に赤いものが溢(あふ)れてくる。それはみるみるうちに広がり、視界を染めた。包丁を持ち替えてもう片方の手首も赤く染めようとしたが、視界が暗くなり、力が入らない。ちゃんと摑んでいるのに、手に持っている感覚すらない。何度も包丁の柄を握りなおすが、同じだった。とうとう落としてしまう。カタン。静寂が微かに揺れた。

拾おうとした瞬間、物音が聞こえた。ドンドン、と振動が伝わってくる。

けれども自分には関係ない。早く眠ってしまいたかった。次に目を開けたら、きっと優しい世界が待っている。兄に会えるかもしれない。

そう思うと、穏やかな気持ちになった。

会いたい。

「おにい、ちゃ……」

いつの間にか床が目の前にあった。包丁がどこに落ちたのかは、もうわからない。見失ってしまった。

りく、と声が聞こえた。兄だ。優しかった兄がいる。想(おも)い出が溢れてくる。

自転車の乗りかたを教えてくれた時のこと。夜食を作って持っていった時のこと。兄の想い出は、優しい光となって月島を包む。

ドンドン、とまた音がした。ずっと遠くでだ。それはいっそう大きくなり、物音が近づいてくる。慌ただしい足音が耳もとまで迫ってきた。

「おい、しっかりしろ！」

頭上から降ってくる声に安らぎを感じた。懐かしい声だ。でも、兄ではない。

この声は――。

兄とは違う安らぎをくれる人の存在を思いだし、目頭が熱くなった。ここにいるはずはないのに。

「頼むから、目を閉じないでくれ……っ」

必死で訴えているのがわかる。目を開けようとした。しかし、瞼が重くてできない。何をするにも遅かった。取り返しがつかない。

もう眠りたいんだ。

そう心の中で言い、深いところへ落ちていった。

お兄ちゃん。

もうすぐ会える。

二人で待とう。父さんと母さんが来るまで二人で。お兄ちゃんがいたら、きっと母さんも喜んでくれる。だからそれまで一緒に待とう。

躰が何か温かいものに包まれた。悲しみも苦しみも消え去っていく。

ただ、心地いいだけだった。

目を開けた月島が最初に見たのは、怒った佐埜の顔だった。眉間に皺を寄せ、悔しそうな顔をしている。

「佐……、く……」

声は思ったより掠（かす）れていた。はっきり言ったつもりだったが、音にはなっていない。

「なんであんな馬鹿なことしたんだ？」

動こうとして手首の痛みに気づいた。少しでも動かすとズキン、と深く響いてくる。頭に靄（もや）がかかっているようだったが、周りを見て病室だというのはかろうじてわかった。自分のしたことを思いだし、死ねなかったんだと再びつらい現実に引き戻されたことを憂う。

「おかしいと思ったんだ。休業したまんまだし、夜になっても部屋の電気もつかねぇし、人の気配もしねぇし。でも、トミさんから連絡があって二階で物音が聞こえた気がするって言われて、もしかしてあんたが部屋にいるかもしれないと思って見に行った。そしたら、台所の電気がついたから……」

「ど……して……」

あのまま死なせてくれなかったのだろう。佐埜は、一人のほうが楽だと言った。それなのに、なぜ助けになんか来たのだろう。どうして楽にしてはくれないのだろう。

そう言おうとしたが、遮られる。

「どうして助けたのかなんて言うなよ」

ぼんやりと佐埜を見ていると、怒った顔に悲しみの色が浮かんだ。それは、みるみるうちに広がっていく。

そんな顔をさせたいわけではないのに。

「助けるに決まってるだろう。あんたが死ぬのを黙って見てろってのか？」

震える声で言われ、自分のしたことを改めて振り返った。手首に抱える熱と痛み。自分でやった。手首を切った。命を絶とうとした。

「ごめ……」

「なんだよそれ。謝るなよ。あんなことしないでくれ。頼むから、あんたまで自分で命を絶たないでくれ」

絞り出すように言われ、申しわけなく思う。妹を亡くした佐埜に手首を切った自分を発見させたのだ。

なんて罪深いことをしたんだろう。

「なんであんなこと……。何があったんだ？」

「……楽に、なりたかったんだ」

そら、そら、と繰り返し呼ぶ母の声が、今も聞こえるようだ。思いだすと目頭が熱くなる。

根本的な解決にはならないのに、長年偽り続けた結果がこれだ。

「ばれたんだ。母さんに、俺が兄さんじゃないって……俺が擬態してただけだって……ばれた。偶然、両親と……いる時に……、栗原、さんと……っ、……栗、原、さん……と、……会って……、俺がただの……擬態だって……偽物、だって……っ」

最後まで言えず力なく嗤うと、佐埜は自分の身に起きたことのように顔をしかめた。

「偶然じゃない。あいつはあんたを壊そうとしたんだ。あいつは、そういう奴(やつ)なんだよ」

驚かなかった。確かに、偶然だとは思えなかった。意図的だった。

「俺のせいだ。ばれたのは、俺のせいなんだよ」

「佐埜君、の……せいじゃ……」

「違うんだ。俺はあいつに脅迫されてたんだよ。あんたの事情も全部知ってた。こうなるって予想できたはずなのに、離れればあんたがあいつの標的から外れると思ったんだ。俺が甘かった」

脅迫なんて物騒な言葉に、靄がかかったような思考が少しずつはっきりしてくる。

佐埜は、脅迫されていたのか。脅迫されていたから、自分から離れていったのか。

「もう会わないなんて言って悪かった。一人のほうが楽だなんて嘘だ。護りたかっただけなんだ。それなのに……」

全部自分のせいだといわんばかりに深く項垂れる佐埜の頭に、手を伸ばした。そっと撫(な)でると、手を優しく掴まれる。大きな手だった。顔をあげた佐埜は、大事そうに月島の手に鼻を押し当てる。

「……君に、嫌われたかと……思った」

「違う。逆だよ。逆だからあんたから離れようとしたんだ」

「嫌いに、なったんじゃ」

「好きに決まってんだろ」

濁った水が濾過されていくように、絶望に染まっていた心が浄化されていった。不純物のない水は光を通し、心の奥にまで光を届ける。長い間闇に沈んでいた湖は生物が姿を消し、死の世界が広がっているが、光が届けば再生する。

月島の心は、闇から何かが生まれる瞬間を体験しているのと似ていた。諦めの底に沈んでいた心が、少しずつ動きだす。

「あいつは俺を恨んでる。だから、あいつは俺を苦しめるためにあんたを壊そうとしたんだよ。多分、あんたやお袋さんを壊して俺を絶望させたかったんだ。俺があいつから妹を奪ったから」

月島は、店で栗原と話した時のことを思いだした。友人宅で自殺するだろうかと言った時の、あの反応。問いつめてくる栗原を前にすると、その意見に従わなければならない気持ちにさせられた。話していて萎縮した。また、妻に対して管理なんて言葉を使うところなどは人の温かみなどなく、感じたのは人として重要な感情の欠落だ。

そして何より、月島の母が壊れていくのを見ている栗原は愉しそうだった。

全能の神にでもなったかのように、その場を支配している悦びに酔っていた。思いどおりに他人を操ることに。

「無事でよかった」

「うん……本当に、ごめん」

佐埜はサイドテーブルに手を伸ばした。寝ている月島の胸元に、折り紙の鈴虫が置かれる。

リィィ……、と澄んだ音が聞こえそうで、笑みが漏れた。

まだ笑えるんだ、と思うと涙が出た。

まだ笑える。佐埜がいると、こんなにも笑える。

「俺が折ったんだ。あんたが寝ている間に。あんたが目を覚ました時に、少しでも生きる気持ちになってくれるように。俺の折り紙、まだ好きか？」

「好き、だよ」

「俺の折り紙だってある意味擬態だ。紙で作った偽物なんだからな。これも価値がないってのか？」

慌てて首を横に振ろうとしたが、上手(うま)く躰が動かない。

「綺麗(きれい)、だよ。生きてるみたいで、心が……洗われる」

「あんたも同じだ。お袋さんのために演じてたんだろ？」

佐埜は、母親のために擬態していた月島の心も綺麗だと続けた。長い間ずっとそうやって兄を演じた思いは貴重だと。何よりも美しいと。

「方法は間違ってたかもしれねぇけど、お袋さんを想う気持ちはいつか届くよ」

そうだといい。

佐埜の言葉は月島の心に優しく染みた。染み込んで、広がり、傷を癒やしてくれる。

「また、店に行っていいか？　部屋にも」

もちろん。

遠慮がちな佐埜に、月島は目を細めて笑った。何ヶ月ぶりだろうか。また、佐埜と食卓を囲めるのだ。それが嬉しい。

「冬の新作も……あるんだ。おにぎり……」

「もう喰った」

佐埜は少し照れ臭そうだった。言いにくそうだったが、じっと言葉を待っていると別れてからも月島を放っておけなかったと告白される。

「こっそりあんたの様子を見てた。人に頼んで弁当の注文したりな。冬の限定おにぎり、旨かったよ。相変わらずあんたの料理ってホッとする」

「そう、よかった。俺も……展覧会、行ったんだ」

わかっている、と視線で返され、驚いた。あの時、佐埜の姿がないのを確認して会場に入ったつもりだったのに。

「隠れて見てたんだ。展覧会に応じたのは、あんたが見てくれるかもしれないと思ったからだ。俺の折り紙を喜んでくれてたから」

別れてからの数ヶ月、関係を絶ったつもりになっていたが、互いを想う気持ちは繋がっていた。それがわかると、救われた。そして、自分がどれだけ愚かなことをしたのか改めて痛感し、心の底から恥ずかしくなった。

どうかしていた。魔物に取り憑かれたような瞬間だった。

「も……二度と、……こんな、こと……しない」

「当たり前だ。落ち着いたら、お袋さんのところに行こう」

「え……?」

「もう一回ちゃんと話したほうがいい。今度は俺もついていく。俺がちゃんと傍にいるから、生きてるのはりくだって伝えたほうがいい」

「……うん」

頷くと、もう寝ろと言われて目を閉じる。佐埜に見守られている安堵からか、すぐに眠りに落ちた。

医者には入院は一日でいいと言われ、退院した直後から佐埜は月島の部屋に泊まった。最初の一日は、仕事を休んでくれた。そのあとは、朝仕事に出かけて夜に戻ってくる。まだ痛む手首の傷を戒めにし、数日を佐埜と一緒に過ごす。

この時間がどれほど月島の心を慰めただろう。それまでのつらい日々が嘘のような、穏やかな時間だった。

その日は、月島を応援するように朝から晴れていた。力強い太陽の光は、春を謳歌する生きものたちへの賛歌のようだ。

実家の前まで来ると、月島は軽く深呼吸をした。

「大丈夫か？」

「うん、平気だよ」

数日前、父親に連絡して母親の状態を確かめた。よくはないが、あの時ほどの混乱はないという。少し緊張しているが、あんなことがあったにしては落ち着いていた。心が安定しているのは、佐埜の存在が大きい。

今日はスーツではなく、普段着だった。手首の包帯は長袖の下に完全に隠れている。こんな格好で実家に帰ってくるのは、初めてかもしれない。いつも弁護士バッジをつけてこの門を潜った。

自分をそらだと偽るために。

「俺は公園にいるから」

家族だけで話したほうがいいと佐埜に言われ、外で待ってもらうことにしていた。兄に自転車の乗り方を教えてもらった公園だ。優しい想い出がある場所に、今日はすっきりした気分で足を踏みいれたい。

「じゃあ、じっくり話してこいよ」

佐埜が歩きだすと、月島は持ってきた紙袋を覗（のぞ）いた。作ってきたのは、おにぎりだ。自分が今何をしているのか、母に知ってもらおうと思った。どんな顔をするかわからないが、まずここからはじめなければと思う。

もう一度深呼吸してチャイムを鳴らした。父が出てきて中に入る。

「母さんは？」

「いるよ。ひととおり状況も伝えてある。亡くなったのはそらのほうだとも言ったよ。一応わかってはいるが、時々忘れる。それは勘弁してやってくれ」

「そうさせたのは俺だから」

母はリビングのソファーに座っていた。その小さな背中に呼びかける。

「母さん」

「そら？」

ゆっくりと振り返る母親は、化粧っ気がなかった。だが、時折陥る人形のような状態とも違い、意思の疎通はできるようだ。しっかりと月島の目を見ている。

「りくだよ」

「りく？　あなたは、りくなの？　そうよね、そんな格好……お兄ちゃんはしないもの」

「ごめんね」

隣に座っていいかと聞き、返事が来る前に腰を下ろす。何から話そうか。考えていたはずなのに、いざとなると言葉がでない。

「ねぇ、どうして謝るの？　今、どうして謝ったの？　間違えたのは、お母さんなのに」

悲しそうな顔を見て複雑だった。こんな顔をさせたかったわけじゃないのに。

そして、長年抱いていた気持ちがはっきりと浮かびあがる。なぜ、兄のふりをしていたのか。なぜ、騙し続けたのか。言いたかったのは、たったのひとことだ。

死んだのが俺じゃなくて、ごめん。

母を責めずにその気持ちを伝えるにはどうしたらいいのか。いや、そもそも伝えていいのか、よくわからない。

「俺がマウンテンバイクを欲しがったから」

「マウンテンバイク？　なんのこと？」

その記憶も曖昧なのかと、別の伝えかたを考える。

「ううん、いいんだ。そんなことはいい。ただ、俺のせいでお兄ちゃんが……俺を庇ったから……」

欲しかったマウンテンバイク。兄がいなくなるとわかっていたら、いらなかった。ずっと抱えていた罪悪感だ。

「どうしてそんなことを言うの？」

「母さん」

「どうして、そんな悲しいことを言うの？　お母さん、あなたに何か言ったの？」

視線を泳がせ、記憶を辿る。父親が来て、月島とは逆隣に腰を下ろした。一人ではなかなか伝えられない息子の手助けをしようとしている。彼女の肩を抱き、言い聞かせるようにゆっくりと続けた。

「そらは交通事故で死んだ。そう言っただろう？　りくはな、お前がそらを失ってなかなか立ち直れないから、そらのふりをしてくれてたんだ」

「あ……」

自分の罪を思いだしたように、母の目が見開かれる。また錯乱するのではと思い、心臓が激しく鳴った。だが、「これでいい」とばかりに頷く父親に落ち着きを取り戻す。母は動揺しているが、この前ほどの混乱には陥っていない。

「お母さん、なんてひどいこと……っ。あなたをそらだなんて……」

涙をポロポロと零しながら月島の腕を摑む母の手が、記憶していた以上に骨張っていた。それなのに、力は強い。しっかりと腕を握り締め、訴えてくる。

「ごめんなさい。あなたを……お兄ちゃんの身代わりにしてたのね。あなたの存在を消して。だから……っ、さっき謝ったんでしょう？」

「いいんだ、お兄ちゃんのふりをしたのは俺だ」

ひとしきり泣いたあと、母親は思い立ったように顔をあげた。

「そうだったわね、りくだわ。りくよ。りくは今、なんのお仕事してるの?」

「飲食店を経営してるんだ。これ、俺が作ったんだ。店で出してる」

「そう。そらもりくのお料理好きだったものね。お兄ちゃんが大好きだったものね」

「今も大好きだ。母さんのことも、父さんのことも」

「食べていい?」

おにぎりの入った弁当箱を膝に載せると、まるで少女のように目を輝かせた。プレゼントの包みのように、大事そうに開ける。中には小さなおにぎりが三つ入っている。

「これなぁに?」

「スモークサーモン&パクチー。店で一番人気なんだ」

ラップでくるんだそれを手にとり、そっと口に運ぶ。ひと口食べて目を丸くした。楽しい驚きに表情が明るくなるが、しばらくすると少しずつ曇っていく。

「ごめんなさい……っ、あなたは、こんなにもイイ子なのに……お母さんったら、どうしてあなたをそらだなんて」

「いいんだよ、母さん。いいんだ」

母はやはり完全には安定していなかった。感情の起伏が激しい。時々、兄を探したりもしている。そらも食べなさい、と言い、彼がもういないことを思いだして顔をしかめ、思い直したように明るい顔になっておにぎりを口にした。

「……美味しい。美味しいわ、りく。あなた、本当にお料理が上手ね。そらにも食べさせてあげたい」

涙を浮かべるのを見て、これからは兄の身代わりになるのではなく、料理で慰めようと思った。月島りくとして、兄ではなく弟として、母を支えようと。

食べることは生きることだ。ずっとそう感じていた。自分の作った料理で、生きる力を与えられるといい。

体調を崩していたからか、小さめのおにぎり一つでもなかなか減らなかった。それでも息子の料理をしっかり味わおうと、両手でおにぎりを口に運び、ゆっくりと咀嚼（そしゃく）して飲み込んでいる。大事そうに食べる姿に、自分がいたわってもらっている気分になった。

最初からこうすればよかったのだ。

おにぎりを食べ終えると、少し疲れたと言う母を部屋まで連れていき、ベッドに寝かせた。落ち着いた寝息を確認してからリビングに戻り、父親に今日は帰ると告げる。

「本当にすまなかった。お前に甘えすぎてた」

「はじめたのは俺だよ、父さん。母さんが俺とお兄ちゃんを間違えた時、俺がそらだって言ったんだ」

「そう聞いた時、すぐに否定させるべきだった。お前の優しさにつけこんで、楽な道を選んでしまった。親として失格だ」

後悔する父は、嘘をはじめた頃よりずっと小さくなっていた。玄関まで見送りに出る彼に「また来るよ」と言い残し、公園へ向かった。

もう平気だ。自分の口から言えた。そらじゃない、りくだと。大きな一歩だ。自分はここにいるのだと告げられた。

公園では、佐埜がベンチに座って待っていた。しばし遠くからその姿を眺めてから近づいていく。

「ごめん。長くなって」

「どうだった？」

「うん、ちゃんと言えたよ。俺はりくだって」

「そうか」

「まだ不安定なところはあるけど、おにぎりも食べてくれた」

隣に座り、公園を見渡しながら自転車に乗れた時のことを思いだす。

兄を失った悲しみは簡単には癒えないが、いい想い出を重ねていけば、過去を抱えていける。

「佐埜君のおかげだ」

子供がブランコで遊んでいた。少し冷たい空気に透きとおった笑い声が響く。

微かに香る死の匂いを感じながら、月島は勇気を振り絞った。

「今度は、佐埜君の番だよ」

佐埜を見ると、目が合った。触れていいのかと悩むのはやめにする。

「今度は佐埜君が救われる番だよ」

「俺が？」

「俺は妹さんは自殺じゃないと思う」

佐埜の表情が硬直した。

つらそうにする佐埜を見たくはないが、このままではいられない。自分が母親ときちんと向き合えたから、佐埜にもそうしてほしい。心臓が少し高鳴っていた。

「妹さんは、自殺じゃない」

もう一度言ったのは、佐埜が頑なに自分のせいだと思い込んでいるからだ。言葉を重ね、違うと伝えたい。

「傷を抉るつもりはないんだ。でも、ちゃんと確かめるべきだと思って」

佐埜は難しい顔をしたあと、静かな口調で聞いてくる。

「なぁ、俺から死の匂いがしてるって言ったよな？」

「うん」

「まだしてるか？」

「少し」

微かにだが、今も漂っていた。青竹と雨が降る直前の水分を蓄えた空気の匂い、そしてラベンダー。長いこと月島の人生につきまとっている。

「こんな匂いさせたまま、あんたの傍にいるわけにはいかないよな」

佐埜は口元を緩めた。ただの笑みではない。自虐的とも言えない。どこか覚悟を感じる笑いかただった。

『友達のマンションに避難できてホッとしてるなら、そこから飛び降りたりしないですよね！』

おそらくきっかけは、栗原のあの言葉だろう。だが、それだけではないはずだ。警察が事故と断定したにもかかわらず、自分のせいで自殺したと思い込んだのだ。言葉巧みに心を操ったに違いない。佐埜の家庭の事情を知っていれば、なおさらどう言えば佐埜の心を自分の思うようにできるかきっとわかる。

月島の部屋まで戻ってきた二人は、一緒に紅茶を淹れた。向き合って座り、指先を温め、胃の中も温める。躰が冷えていると、ネガティブになる。

「栗原さんに他にも何か言われた？」

佐埜に緊張が走ったのがわかった。だが、以前のように拒絶されてはいない。

「ああ。暴力は連鎖するって……支配は連鎖するって。確かに虐待する奴は、子供の頃に虐待されてたケースが多い。俺は親父みたいにならないって決めてた。ずっとあんな人間にはならないってな」

「だから自分のせいだって、思ったんだね」

「親父と同じだって気づいたんだよ。親父も『お前のためだ』と言って俺を殴ってた。俺も妹のためだと言ってた」

父親のようにならないという強い誓いが、佐埜を栗原の罠に陥りやすくしていた。心が痛む。

「でも、友達の部屋で自殺なんてするかな？」

佐埜は表情をこわばらせて月島を見た。縋るような目だった。

「本当に死のうと思ったら、友達の部屋で自殺なんかしない。わかるんだ。俺もその道を選んだから、わかるんだよ」

その言葉に、佐埜は敏感に反応した。怯えていると言ったほうがいいのかもしれない。月島は自分の選択がそれほど彼を傷つけていたのかと実感し、改めて深く反省した。

「ごめん、手首を切るなんて本当にどうかしてた。二度としない」

約束されて安心したのか、佐埜は繰り返す。

「友達の部屋で自殺なんかしない、か」

「うん、そう思う。妹さんの友達は何か言ってなかった？」

首を横に振る佐埜に、話を聞くことができないかと持ちかけると、連絡を取ってみると言う。

友人が亡くなった部屋に住み続けたくないだろうと、佐埜が費用を出して引っ越しをしたため、連絡先は知っていた。

自分の部屋で亡くなった友人の兄が話を聞きたいなんて言ったら嫌がるだろうかと思ったが、翌日に会ってくれるという。待ち合わせの喫茶店に来たのは清潔感のある女性で、佐埜の妹がどんな人だったのか想像できた。

「すみません、日曜なのに呼びだして」

「いいえ、いいんです。あの時は、引っ越し費用とか出してくださってありがとうございました。ろくにご挨拶もしないままですみません」

「いいえ。警察に呼びだされたりで仲村さんも大変だったでしょうし、俺もいろいろあったので、きちんとお礼を言わないままにしてしまいました」

仲村は二人に丁寧にお辞儀をして席に座ると、ホットココアを注文する。午後の日差しが窓辺の席に差し込んで、健康的なネイルが艶やかに光っていた。

当時、佐埜が聞けなかった亡くなる前の妹の様子や、警察が来てからのことを聞くと、佐埜の知らない事実が浮かびあがってくる。

「手紙？　遺書ですか？」

「まさか。お兄さんに伝えたいことがあるって。前日に私が持ってる便せんと封筒をあげたんです。書きはじめてたからどこかにあるはずです。警察が来た時に証拠品として持っていかれたと思ったんですけど、返却されてるとばかり」

佐埜を見ると、聞いてない、と首を横に振った。

捜査が終わって事故と断定されれば、遺留品は遺族に返却される。夫である栗原が持っていると考えたほうがいいだろう。手紙に何か手がかりがあるかもしれない。

「さっき遺書っておっしゃいましたけど、もしかして自殺を疑われてるんですか？」

佐埜は答えなかった。だが、その表情から察したらしい。

「由香は仕事を探してました。離婚する気だったと思います。前向きでした。絶対自殺なんかじゃありません。お兄さんにそう思われてたんだったら由香がかわいそうです」

佐埜がハッとした顔で彼女を凝視した。ゴクリと唾を呑むのがわかる。

汚れた壁紙を一気に剝がすような瞬間だっただろう。罪の意識のあまり曇っていた視界が晴れ、見えなかった景色が目の前に広がる。

「そうですね。本当にそうです」

「由香はお兄さんにいつも護られてるって言ってましたよ。だから心強いって」

「心強い？　由香がそんなことを？」

「はい。あの時は由香が亡くなって私もショックで……、そんな話をしてたことをお兄さんにお伝えしようなんて考えすら、浮かびませんでした。ごめんなさい」

「いえそんな。俺も聞こうとしなかったし、こうして教えてもらえただけで十分です」

それからもう少し話を聞いたが、ますます自殺ではないと思えてきた。夫という立場を利用した栗原が、佐埜に手紙の存在すら教えなかったことにもなにかしらの意図を感じる。

二人は彼女に礼を言うと、その足で栗原のマンションへ向かった。

部屋にはいなかったが、電話をすると意外にも出る。二人で会いに来たと知った栗原の声は、どこか愉しげだった。一、二時間で帰ると言われ、近くのファミレスに入り、食事を摂って過ごした。

そのあとはマンション前の植え込みに二人並んで座って待っていたが、約束の時間になっても帰ってこない。電話も繋がらない。作戦だろうか。

長い間待った挙げ句、その日は諦める。

「今日は帰ろうか。佐埜君も明日仕事だよね」

「ああ。あんたはもう少し店休むんだろ？」

「明日から開けるつもりだよ」

嘘だろ、と言われ、慌てて言いわけする。

「だ、だって食材の仕入れ先には迷惑かけたし、お客さんにも……」

「そんなに躰動かして平気か？」

手首の傷を心配しているのだろう。長袖で隠しているとはいえ、包帯は取れていない。

「利き手じゃないから大丈夫。それより妹さんのことだけど、きっと佐埜君のせいじゃない。妹さんのお友達の話を聞いたら、ますますそんな気がしてきたよ」

「そうだといい」

ここまでしても、完全に自殺を否定できずにいる佐埜の心の傷がどれだけ深いか思い知らされた。

「手紙を読まなきゃ。佐埜君宛の手紙を絶対に取り戻そう」

「そうだな」

俯(うつむ)き加減の佐埜を見てたまらなくなり、横から抱き締めた。そうしていると、胸の奥が騒ぐ。潮騒が大きくうねる。

佐埜が好きだ。大事な人だ。だから、救われてほしい。

月が夜を照らしてくれていた。太陽のような力強さはないが、優しさをふんだんに取り込んだ柔らかな光は、足元から延びる道を浮かびあがらせるには十分だ。見失わずにいられる。

「間に合ってよかった」

手首の包帯にそっと触れながら、ポツリと独りごとのように言われる。

「もう……大事な人を失うのは嫌なんだ」

「俺も」

佐埜は妹を、月島は兄を。

失うつらさを知る自分たちが、こうして出会えてよかったと思えた。

栗原と会うことができたのは、それから十日が過ぎてからだった。

マンションの部屋に呼ばれた月島は、すんなりと二人を部屋に通してくれた栗原を警戒しながらも、勧められるままリビングのソファーに腰を下ろした。歓迎すらされている雰囲気で、何を企(たくら)んでいるのか恐ろしくもある。

部屋はモデルルームのように整然としていた。置いてあるものはすべて定規で測ったようにきちんと並んでいて、埃(ほこり)一つない。窓も家具のガラスも磨き上げられている。ベランダの観葉植物は青々としているのに、あまりに整いすぎて人の温かみをまったく感じない。

月島の手首を見た栗原は、軽く口元を緩めた。包帯は外れたが、大きめの保護パッドを貼っている。その目に加虐的な悦びが見えたのは、気のせいだろうか。

「お母さんはお元気ですか？」

いきなり心の傷に触れてくるような台詞(せりふ)に、栗原がどんな人間なのかわかる。自分のしたことに、少しの罪悪感も抱いていない。

「おかげさまで、今は落ち着いてます」

「そう。僕が余計なことを言ったみたいで」

「いいえ、むしろ間違いをただしていただいてよかったと思ってます。いずれは乗り越えなくてはならないことでしたから」

栗原は笑顔を絶やさず月島の話を聞いていた。

「一度実家に戻りました。母は俺を見ても、兄だと言わなくなりました。寂しそうですが、ちゃんと俺を俺だと認識してくれてます」

「そうですか。でもお気の毒ですね。愛する長男が偽物だったとわかって、どんなに気落ちされてるでしょう。なぜ死んだのが弟ではなくお兄さんのほうだったのかって、そんなふうに思ってしまう自分を責めてるんじゃないですか？　母親失格だって」

佐埜が何か言おうとして立ちあがったが、手を摑んで宥める。力が込められた拳を見て、それで十分だと思った。自分のために本気で怒ってくれる人がいると救われる。

「そうかもしれませんね。でも、偽りの世界で生き続けるよりいい」

「で、今日は何をしに来たんです？」

その表情にわずかな苛立ち（いらだ）が見えた。自分の思惑どおりにいかなかったのが、悔しいのかもしれない。栗原は月島が壊れることを望んだ。そう仕向けた。だが、佐埜と二人で会いに来て、妹の死の真相を解き明かそうとしている。

冷静さを失わせることができれば、ぼろを出すかもしれない。

「手紙を見せてくれ」

「手紙？」

「由香が俺に残した手紙だよ」

「知らないいな」

「あったはずです。二人で由香さんの友達に会って、佐埜君宛の手紙の存在を教えられました。由香さんの死を佐埜君のせいにしようとしたのは、もうわかってるんですよ」

余裕の笑みが次第に失われていく。引き攣る頬は怒りの表れだろうか。

「はっ、何をおっしゃってるんです。紛れもなくお義兄さんのせいじゃないですか」

嚙み締めるように言う栗原は、本気でそう思っているようだった。憎しみに満ちた視線を佐埜に向けている。針のように鋭く、冷たい。

「警察は事故だと判断してます。それに由香さんは、仕事を探してたって聞きました。前向きだったって。そんな人が自殺なんかするはずがない」

「そう思ったほうがお義兄さんもさぞ楽でしょう」

「いいから手紙を見せろ。そうすりゃ、由香が自殺か事故死かはっきりする」

「由香は自殺だっ！」

栗原は両手でテーブルを叩いた。目は血走り、怒りで手が震えている。次第に感情が露わになるのがわかった。自殺と言い張る姿は異様だ。

「どうしてそう思うんですか？　本当に愛しているのなら、自殺だなんて思いたくないはずです。頑なに自ら命を絶ったと言いたがるのはどうしてです？」

「黙れ！　僕は由香を愛していた！　由香も僕を愛してたのに、お義兄さんが余計な入れ知恵をするからあんなことに！　由香は僕の庇護のもとで生きるのが一番だったのに！」

「何が庇護のもとだ！　支配してただけだろうが！」

支配と聞いた栗原は怒るどころか、むしろ勝ち誇ったようだった。テーブルに両手をついたまま顔をあげ、当然の権利とばかりに口元に笑みを浮かべている。

「そのどこが悪い。学歴もない世間知らずの女だぞ？　社会に出たらあっという間に喰いものにされる」

「貴様、由香をなんだと思ってるんだ！」

佐埜の怒りが爆発した。胸倉を摑み、ねじ上げる。栗原は薄ら笑いを浮かべていた。感情的になった佐埜を見て喜んでいる。

「お義兄さん。あなただってそうだ。ろくな学歴もないあなたに、妹を護る力なんてないんですよ。僕に任せておけばよかったのに」

「なんだと？」

「あれほど従順な女はいなかった。僕がお願いすればどんなことにも頷いた。閉じ込めて愛でるにはいい女だった。それなのに……っ！　よくも僕から由香を奪ったな！」

支配せずにいられない男の本性が露呈する。所有物としてしか見ていない。

「お義兄さんが僕を差し置いて幸せになるなんて、筋違いでしょう。僕はまだ由香ほどの理想の女を見つけられていない」

もし今も手紙を持っていても、絶対に見せてはくれないだろう。見せてくれと訴えるほど、頑なに拒否するはずだ。二度と見られないよう、焼いてしまうかもしれない。

「二人とももう帰ってください。警察を呼びますよ。手紙はありません」

手紙の所在を明らかにしたかったが、佐埜に「帰ろう」と促された。いいのか、と目で問うと、落ち着いた表情で頷く。心残りではあったが、本人がそう言うのならと一緒に玄関に向かった。

あっさり引き下がるのが腹立たしかったのか、背後から唸るような声を浴びせられる。

「全力で潰してやる」

振り返った瞬間、目を見開いた。同じ男とは思えないほど表情が違う。人当たりのいいエリートの印象は完全に消え、殺意すら感じる視線を注がれていた。

「壊してやる。どんな手を使っても月島さんを壊してやる。お義兄さん、今度こそ大事なものを護れるといいですね」

「栗原さん、あなたはもう切り札を使ったんですよ」

佐埜より先に月島が口を開いていた。

自分でも驚くほど冷徹に言った。栗原の表情がみるみるうちにこわばっていくのがわかる。弁の立つ男とは思えないほど言葉につまり、怒りで震えている。

「だってそうでしょう？　ずっと偽り続けていた母に真実がばれたんです。俺が一番恐れていたことは、もう起きたんですよ。でも、乗り越えられる」

「……そう、上手く……いくもんか」

「さっきも言いましたよね。むしろ間違いをただしていただいてよかったって。あれは負け惜しみなんかじゃない。あのまま母を騙し続けていても、なんの未来もなかった。あなたは悪意があったんでしょうけど、今は感謝してるくらいです」

行こう、と今度は月島が佐埜を促した。相手にする価値すらない。手紙などなくとも、佐埜の妹が自殺じゃないと信じられる。兄への最後の言葉が栗原の手により葬られるのは悔しいが、佐埜の心を救えると、自分が救うと誓った。

いつか、死の匂いから解放される日が来ると……。

「僕から由香を奪ったお前が幸せになるなんて許さない！」

「――っ！　……っぐ！」

何が起きたのかわからなかった。

いきなり後ろに突き飛ばされた月島は、床に躰をしたたかに打ちつけた。一瞬、息がつまって動けなくなる。身を起こすと、佐埜がドアの外に蹴り出され、部屋から閉め出されたのが見えた。

『おい、ここを開けろ！』

ドア越しに佐埜の声が聞こえた。自分だけが閉じ込められた——その事実が危機感とともに迫ってくる。血走った栗原の目には、狂気すら浮かんでいた。

「何するつも……、——痛(つ)ぅ……っ」

髪を摑まれて部屋の奥へと連れていかれる。すごい力だった。栗原にこんな暴力的な一面があったなんて驚きだ。もしかしたら、佐埜の妹にも同じように力で服従させていたのかもしれない。

「何、するんです……っ」

「手紙が欲しいって言いましたよね？ お望みどおり見せてあげますよ」

連れてこられたのは、書斎だった。デスクの抽斗(ひきだし)から薄桃色の封筒を出して見せられる。本物の保証はないが、その封筒には時間の経過を感じた。

間違いない。佐埜宛の手紙だ。

「欲しいなら、ベランダから飛び降りてください」

「——っく！」

再びリビングに引き摺っていかれ、ほら、とせっつかれる。

ドンドンドンッ、と佐埜がドアを叩く音がしていた。警察を呼んだと言うのも聞こえた。それでも栗原はやめようとしない。

「お義兄さんを大事に思ってるなら、そのくらいできるでしょう？　下は幸い植え込みがある。運がよければ助かりますよ。それとも、彼のために命まで懸けられませんか？」

「馬鹿馬鹿しい。そんなことすると思ってるんですか？」

「やっぱりその程度ですか。結局、自分がかわいいんでしょう」

「俺が飛び降りたとして、手紙を佐埜君に渡す保証がどこにあるんです？」

まさか本気で言いなりになると思っていたのだろうか。月島が断ると、いきなり襲いかかってくる。抵抗するが、まだ完全に傷が癒えていない手首を踏みつけられた。手に力が入らない。

「ぐっ、――あっ！　……っく！」

「いいから飛び降りろ！　由香と同じようにっ、転落して死ねっ！」

そのままベランダへと引き摺っていかれ、手摺りに背中を押しつけられた。首を絞められて意識が遠のいていく。強い風が吹いていた。

「ふ……っ、ぅう……っく、――っく！」

次第に指先の感覚がなくなっていく。気を失えば、ベランダの外へ放り出されるかもしれない。正気を失った今の栗原なら、なんだってしてしまいそうだ。

「ぁ……、……っく」

死を覚悟したくはなかった。もしここで命を落とせば、佐埜は責任を感じるだろう。今度こそ、死の匂いから逃げられなくなる。ようやく絶望から這いだそうとしているのに。

そう思うと、心が引き裂かれそうだった。

絶対に死ぬもんか——佐埜を想いながら、最後の抵抗を試みる。

その時、ものすごい音とともに躰に衝撃を受けた。一気に酸素が入ってくる。ゴホゴホゴホ……ッ、と激しく咳き込んだあと顔をあげると、佐埜が栗原を取り押さえている。

「テメェ！　自分が何やってるのかわかってんのかっ！」

どうやって部屋に入ったのだろう。警察が到着したのかと思ったが、佐埜一人だった。

「佐埜、君……」

「大丈夫かっ？」

栗原の傍らに手紙が落ちているのを見て手を伸ばす。

「それ……いもうと、さん……の……」

佐埜が拾うより早く、栗原は手紙を丸めてベランダから放り投げた。ゴミのように。

想いのつまったものをそんなふうに扱えるなんて、栗原には大事な何かが欠けている。

「拾いに行けよ。見つからなくなるぞ」

せせら笑う栗原を、佐埜は冷たい目で見下ろした。憐れみを感じる視線に、栗原の怒りはさ

らにどす黒い炎をあげた。

「貴様も僕と同じ苦しみを……っ、――ぐぅ……っ！」

佐埜の拳が腹にめり込む。嘔吐しながら這いつくばる栗原をうつ伏せに取り押さえて佐埜は言った。

「あんたは自分のしたことを留置所で噛み締めるんだな。もう立派な犯罪者だ」

栗原のような男が裁かれる立場の人間になるのは、どんな気分だろうか。犯罪者と言われてよほど悔しかったのだろう。栗原は、警察が到着するまで佐埜を睨み続けていた。

警察署で簡単な事情聴取を受けた二人が帰路についたのは、日付が変わってからだった。先に病院で治療を受けた月島のほうが遅かったが、佐埜は待ってくれていた。そのまま月島の部屋に泊まり、翌日再び警察署へ行く。

栗原の部屋が施錠されていたにもかかわらず入ってこられたのは、隣のベランダから侵入したからだとあとで聞かされた。隣の部屋のチャイムを鳴らした佐埜は、住人の許可なく部屋に飛び込んだという。リビングにいた男性に制されて警察を呼ぶと言われたが、同時に栗原の「死ね」という叫び声が聞こえてきた。

佐埜が仕切りを蹴破ってこなければ、月島はベランダから外へ放り出されていただろう。

「妹さんからの手紙、戻ってよかったね」

その日、月島は初めて恋人の部屋に呼ばれた。座るよう言われ、座卓の前に正座をする。ベッドの布団は盛り上がっていて、雑に畳んだスウェットが積み重なっていた。部屋は収納スペースが少なく、片づけに苦労していそうだ。

月島の視線に気づいた佐埜が、恥ずかしそうにボソリと言う。

「片づけ苦手なんだよ。部屋狭いし」

「何も言ってないよ」

栗原の部屋とは真逆の、生活感溢れる部屋だった。溢れすぎて、佐埜に包まれているようだ。自炊をしないというだけあって台所は比較的綺麗だが、洗濯かごの洗濯物は溢れかけている。取り込んだ洗濯物は、ハンガーにかけられたままカーテンレールにぶらさがっていた。

「ちらかってると思ってんだろ？　だからあんたを呼ばなかったんだ」

「汚部屋ってわけじゃないし、気にしなくてよかったのに」

「あんたの部屋は片づいてる。温めなくていいか？」

「うん。冷たいのがいい」

ペットボトルのお茶を氷の入ったグラスに注がれて出される。

佐埜宛の手紙は、妹が亡くなった時には警察に押収されていなかった。持っていたのは栗原だ。つまり、友達が出勤して一人になった時間——亡くなる当日の朝から死亡するまでのどこかで栗原と接触があったということだ。転落時に栗原が現場にいた可能性が浮上する。押しかけられて、部屋に入れてしまったのかもしれない。

「多分あいつは妹が転落するのを見てた。手摺りの痕跡から他殺の可能性はないらしいが、落ちた時に通報しなかったなら、保護責任者遺棄致死罪ってのになるらしいな。再捜査を検察に上申するよ」

　栗原の変貌ぶりを思いだした。激昂(げきこう)する姿は、男の月島でも恐ろしかった。あれほどの怒りを見せられたら、怖くて逃げようとするだろう。月島は飛び降りろとも言われた。本当にそうするつもりでなかったとしても、命令されるまま震える足で手摺りに登ったのかもしれない。許しを乞いながら。

　そして、不幸な事故へと繋がった。

「妹さんの手紙読んだの？」

「ああ」

　その表情から、どんなことが書かれてあったのか想像はつく。

「手紙からも由香は自殺じゃなかったってわかった。確信できたよ」

　手紙は彼女の決意でもあった。

　佐埜に説得されて離婚を決意したあと再び栗原のところに戻ったのは、脅されたからだった。

自分たち夫婦を引き裂こうとするのなら、どんな手を使ってでも佐埜の人生を滅茶苦茶にすると言われ、兄を護るために仕方なく夫のもとへ戻った。

もう一度佐埜に連れ戻された時は、嬉しかったという。たとえ迷惑でも頼ろうと決心したと。頼る勇気が出たのだと。

「親父の虐待から護ってくれた俺には幸せになってほしいから、仕事を探して、自立して、たとえ弁護士相手でも裁判をして離婚するって書いてあった」

「そう。妹さんは前に進もうとしてたんだね」

「妹の言葉で、それを確かめられた。あんたのおかげだ」

グラスの緑茶に、太陽の光が降り注いでいた。濁りなく輝くそれは、自分たちの未来を示唆しているようだった。光を含んだ鮮やかなグリーンに、実家の庭を思いだす。

冬場は寂しい姿だったが、今は新緑が芽吹き、色鮮やかさで満ちている。それは、草野球の日を月島に思いださせた。踏みしめた草の匂いとともに、佐埜との『いつか』という約束をした日のことを。

一度は枯れ果てたと思っていたが、また芽吹いた。宿根草は根が生きていれば、次の年に花をつける。約束した『いつか』も、失われてはいなかった。

「あんたがいなかったら、ずっと妹を誤解してた。自殺なんかしてないのに、自殺だって思い込んで、この先も自分を殺して生きてた」

「俺もだよ。俺も、佐埜君がいたから母のことを乗り越えられた。ずっと自分を生きられなかった俺が、俺として生きていられる」

「出会うまで、俺たちは本当の意味で生きてなかったのかもな」

出会うまで、二人は生きていなかった。

そのとおりだ。だが、これからは違う。自分のために、自分の幸せのために生きていける。

長らく続いた暗闇が晴れたようだった。

どこにも辿り着かない暗いトンネルだと思っていたが、佐埜と出会ってから遠くに小さな光を見つけた。それは今や、月島の躰を包み込むほど大きくなっている。

「佐埜君、ありが……、——っ」

抱き締められて小さく呻いた。腕の強さに驚き、それほど佐埜の心にのしかかっていたものの大きさを実感する。

「礼を言うのは俺のほうだよ」

伝わってくる佐埜の体温を、目を閉じて感じた。

今まで本当の意味で生きていなかった。そう表現する佐埜の、生きている証でもある熱は、月島のものより少し高い。引き締まった躰から発せられるそれが、いとおしくてならない。

躰を離すと、どちらからともなく唇を寄せ、重ねた。

「ん……」

鼻にかかった自分の甘い声を他人のもののように聞く。見つめ合い、もう一度重ね、再び見つめ合う。何度も重ねるだけのキスを繰り返していたが、愛情を確かめるそれは次第に性的な色合いを濃くしていった。

「ん、ん、……ぅん……」

微かに開いた唇の間から舌先が入り込んできて、心臓が高鳴る。それは月島の舌を探り当て、容赦なく奪った。思いのほか厚みのある佐埜の舌に動揺し、そして昂る。

「んぁ……、……ぁ……、……ぅん……、……んんっ」

唾液が溢れ、それを交換するようにさらに深く舌を絡ませ合った。熱い吐息が次々と漏れ、動物じみた息遣いになっていく。唇を吸われ、顎を噛まれて首を仰け反らせた。唇は首筋を這い、ゾクゾクとする甘い旋律に身を震わせると、ふいに頑丈な歯を立てられる。

「ぁ……っ」

唇が紡ぐ甘い喘ぎが自分のものだとは、到底思えなかった。こんなにはしたない声をあげるなんて、恥ずかしくてならない。

「佐埜君」

「やべぇ、とまんねぇ」

「とめなくて、いい……、とめなくて、いいから……っ、――ぁあ……っ！」

喉仏を強く噛まれた瞬間、射精しそうになった。ふいに注がれる甘い痛みが、月島の理性をいとも簡単に解かしてしまう。

早く繋がりたくて、でも性急に繋がってしまうのは惜しくて。

「ぅん、んんっ」

何度も口づけた。まだ、もう少し、と暴走する年下の獣を宥めながら、己の奥で沸き立つ淫蕩な血を必死で押しとどめる。

そうしていて、ふと気づいた。死の匂いが消えている。

濃い時もあれば、薄い時もあった。だが、それは例外なく佐埜とともに存在していた。それが、消えている。

「佐埜、く……、……んっ、さ、……佐埜、く……」

言葉にしようとしたが、佐埜はそれを許さない。何度も唇を奪われているうちに流されそうになるが、ギリギリのところで佐埜がようやく目を合わせてくれる。

「なんだよ、そんな目ぇして」

「ちが、……んっ、……ちがう、……佐埜君の、匂いが……、んんっ、んっ」

「俺の匂いがなんだって?」

聞かれるが、唇が自由になった途端、また塞がれた。自分を翻弄しようとしているのか、それとも抑えきれずそうしているのかわからぬまま、溺れるように訴える。

「匂い……が、……んんっ、変わっ……た……、……んぁ……、消え……、——ぅん」

「そうか」

一瞬、動きがとまった。そうか、ともう一度言って、再び唇を重ねてくる。なんのとは言わずとも、佐埜にはわかったようだ。

「あんたのおかげだ」

さらに深く口づけてくる佐埜に身を委ねながら、月島はそれを存分に味わった。

死の匂いから解放された、本当の匂い。微かな体臭は健康的で、けれどもどこか淫靡(いんび)でもあった。動物的な部分を刺激される。普段隠しているものを、いとも簡単に暴いてしまう。自分の中にいる淫らな部分が、触発される。

君はこんな匂いをしていたんだね。

そんなふうに思いながら、月島は佐埜の匂いを肺いっぱいに吸い込んだ。

ガタン、と音を立て、テーブルのコップが床に転がった。床が濡(ぬ)れてしまう……、と理性が顔を覗かせるが、暴走をはじめた獣に訴えてもなんの意味もない。それでも言わずにおれず口にしたが、結果は同じだった。

わかってる、と短く放たれた言葉には切実さがにじみ出ている。

すぐ傍にベッドがあるのに絨毯(じゅうたん)の上に押し倒された月島は、自分を見下ろす佐埜の思いつめたような表情に魅入られていた。夏の強い日差しのような鋭い視線の奥に、熱情を感じる。それが自分に向かって、一途(いちず)に放たれているのだ。

「手首の傷、痛まないか?」

「……うん、平気」

「男同士って、ここでするんだよな」

着衣のまま後ろに触れられ、無意識に身をよじった。怖かったからでも、嫌だったからでもない。ただ、熱い吐息とともに漏らされた言葉が恥ずかしかっただけだ。

「そ、そう……だよ」

言ってしまってから、これではまるで自分が年下の男に手ほどきしているようで、さらに恥ずかしくなった。佐埜がクスリと笑う。

「お互い初めてなのはわかってるよ。違うのか?」

「違わな、い」

窓の外はまだ明るかった。子供の笑い声もする。それなのに、自分の中の潮騒が激しく音を立てているのが耳元で聞こえた気がした。満ちた月の引力により満ち引きを繰り返すそれは大きくうねり、月島の奥底に隠れているものを露わにする。

「俺が上で、いいんだよな」

膝をついて立ち、自分を見下ろしながらもろ肌を脱ぐ佐埜を月島は見ていた。袖から長い腕を抜く動作や動くたびに引き締まる腹筋、脇腹の動き、脱いだ拍子に乱れた髪。どれもが男の色香を感じるもので、これほど美しい獣が自分を欲しているのが不思議でならない。

男の躰に性的な興奮を覚えたのは初めてだ。

いや、男の躰にではない。佐埜の躰にだ。佐埜だから、自分と同じ男の肉体でも昂っているのだろう。そして、同じ男の肉体でも自分と佐埜とではまったく違う。

異なる環境で育ち、違う人生を生きていた。けれども今、ひと続きの道をともに歩もうとしている。

「こういうのでいいよな」

抽斗の中から出した軟膏の蓋を開ける佐埜を見て、全身に火がついたようになった。恥ずかしさと期待とが入り交じっている。

自分も服を脱いだほうがいいのかと迷いながら身を少し起こしてシャツのボタンに手をかけたが、すぐに制された。

「俺にやらせろよ」

「ん……」

再び口づけられ、押し倒される。

意識が佐埜の手を追った。追わずにはいられなかった。折り紙を折る時に発揮される器用さは、ここでも十分にその実力を月島に見せつける。

まるで魔法にかかったようにシャツのボタンを外され、パンツのファスナーを下ろされた。スリムパンツだというのに、下着ごとあっさり脱がされて尻が剝き出しになる。下半身全体が外気に触れ、自分が無防備だと嫌でも思い知らされた。かろうじて袖が引っかかっていたシャツで中心を隠そうとしたが、それも剝ぎ取られる。

「ぁ……っ」

尻を摑まれ、眉根を寄せた。思いのほか強く喰い込んでくる指に佐埜が若さに任せて暴走するのをなんとか理性で抑え込んでいるのがわかる。それがいとおしくてならない。

いいよ、と囁くと、佐埜は後ろに手を伸ばしてきた。だが、軟膏をたっぷりと塗られてもなお、固く閉ざした蕾みは簡単には開かない。頑なに異物の侵入を拒む。

「ごめ……」

「謝るな、それだけ……じっくり、楽しめる」

「――っ！」

「俺たち初めてだろ。だから、全部覚えておきたい」

そちらのほうが恥ずかしい。勢いに任せて繫がったほうがまだいい。

じっとして、と宥めるように額に唇を押し当てられる。意識が唇に向いた途端、指は蕾みの奥へと侵入してくる。視界が揺れたのは、涙のせいだろうか。

「ぁあ……っ！」

額と額をつき合わせて見つめ合ったまま、後ろをほぐされる恥ずかしさといったらなかった。

だが、それを打ち消すほどの強い愛情を佐埜から感じる。

「痛いか？」

首を横に振った。

「苦しいか？」

「少し……」

指は遠慮がちに、けれども確実に月島の奥へと侵入してくる。

待って、待ってくれ。

下半身が疼（うず）き、中心が張りつめるのがわかった。痛み以外のものを感じはじめると、今度は羞恥が襲いかかってくる。悟られたくなくて声を殺すが、佐埜にはお見通しだ。やんわりと、けれども容赦なく馴（な）らしていく。

一枚の紙が佐埜の手にかかるとどんな形にも変貌したように、月島のそこも柔らかくほぐれていった。いつしか吸いつくように収縮をはじめ、指が出ていくと名残惜しいと訴え、再び挿入されると悦びながら根元まで呑み込む。

「あ、ぁあっ、はぁっ、……っく、さ、佐埜くん」

「俺の、入るのかよ」

何気なく零された疑問に、耳まで熱くなった。これ以上体温があがったら、自分の熱で自分が溶けだしてしまいそうだった。

「もう少し広げてからな」

「ぁぁああっ、あ、あ」

指が二本に増やされ、さらに軟膏を足された。佐埜の熱い吐息に煽られるように、唇の間から次々と嬌声が溢れる。

「んぁ、……ぁ……あ、……はぁ……っ」

指の動きが変わった。ゆっくりと回転する新しい動きに、漏らしそうになる。

「待……っ、ねじったら……」

「でも、気持ちよさそうだ」

「見な……っ、……ぁあ……っ、……っく、……んぁぁぁ……あぁ」

見ないで。

そう訴えるが、視線は注がれ続けている。なぜそんなに見たがるのか不思議だった。見られるほど躰が敏感になっていくのがわかる。

そんな月島をさらに翻弄するように、中心を手で包まれた。

「ぁあ！　待……っ、そこ……ま、……って、っく、――ぁ……っ！」

いきなり強い刺激を与えられ、佐埜の手の中で震える。それが射精と気づくには、あまりにも性急な高みだった。あっけなくイってしまって落胆させたかと思ったが、逆だったらしい。

「悪い」

男っぽい吐息がなければ怒っているのかと思うほど、短く言葉が放たれる。

佐埜の理性のたがが外れた瞬間だった。それまで月島の反応を見ながらだったが、自分の欲望のままに突き動かされる獣へと姿を変える。

「悪い、あんたのこと、壊すかも」

膝を膝で割られただけで、どうにかなりそうだった。怖いのか、欲しいのか、よくわからない。ただ、佐埜が相手ならどこまでも行けると思った。どこまでも、イける。

あてがわれ、腰を進められる。

「ぁ……っく、……ぁ、あ……、……ぅ……っ、――ぁああ……っ！」

あまりの衝撃に頭が真っ白になった。自分を貫くものの熱さ。嵩。力強さ。逞しさ。

佐埜と繋がっているという事実に悦びを感じずにはいられない。

「あっ、あ、あ、……ま、待……っ、」

「動か……な、い……」

動かないで。

そう訴えるが、佐埜は腰をやんわりと押しつけてきた。より深く佐埜が押し入ってくる。

「あっ、は、あっ、ぁあ……っ」

甘い責め苦に膝を閉じようとしたが、佐埜の腰を強く挟んだだけで動きをとめることはできなかった。むしろその反応が佐埜をより刺激したようで、さらに深く、力強く、腰を動かされて乱れる。

「う……っく」

「好き、だ、……あんたが、……好き、だ」

「ぁ……あ、ぁ……っ、……ひ……っ、……っく」

「イっていいか？」

「……いい……、よ、……っく、……いい、……ぁ……っ」

「できれば、……一緒に、イって……欲しいんだけど」

耳元で聞かされる声は欲情に掠れていて、それが男っぽく、同時に子供っぽくもあった。少年のような一面を覗かせながらも、牡の一面も崩さない佐埜がさらにいとおしく思え、求め合い、高みを目指した。リズミカルに腰を打ちつけられ、躰を揺さぶられて再び射精が近づいてくる。むしろ自分のほうが先にイきそうで、必死で堪えた。

「佐埜、く……、……ぁあっ、あ、あ、……もう」

「——っく！」

佐埜の迸りを自分の奥で感じた。同時に、堪えていたものを解放する。佐埜はしばらく腰

を強く押しつけてきたが、躰を弛緩させて月島に覆い被さってくる。心音が伝わってきた。これほど心地いい重みを他に知らない。激しかった息が整うと、佐埜は両肘から先を床につけて顔をあげ、月島を見下ろしてきた。

射精したばかりの牡の目許に浮かぶ紅潮が、たまらなく色っぽい。

「こんなに……誰かを、……好きに、なれるなんてな」

すぐ傍から見つめられ、素直な気持ちを返す。

「俺も……俺、も……、佐埜君が、好きだ、……好きで、たまらない」

抱き締め、その匂いを吸い込みながら自分の気持ちを伝えた。

どれだけ匂いを取り込んでも足りなかった。もっと佐埜を感じたい。ただの肉欲よりも厄介な欲望に突き動かされながら、再び口づけを交わそうとする。

前歯同士が軽くぶつかった。身を引くと、クス、と笑いながら今度は佐埜から奪うようなキスを仕掛けてくる。

「うん、……ん、……んんんっ」

舌が痺れるほど吸われると、佐埜の頭を掻き抱き、再び求めた。

窓の外で子供のはしゃぐ声が聞こえていた。

あんなに明るかった部屋に、夕陽が差していた。みんな家に帰ったのか、子供の声は聞こえてこない。

月島はベッドで佐埜に横抱きにされていた。昼間から夕方になるまでセックスに溺れたなんて、自分でも驚きだ。時間なんて忘れた。

貪り合ったあとの疲労が、躰を包んでいる。手をあげるのも顔をあげるのも億劫だが、そのけだるさは心を満たしていた。このまま自堕落に身を浸らせていたい。睡魔もそろそろと月島を連れ去ろうとしているが、微かな佐埜の体臭が心地よく、眠るのがもったいなかった。

「ねえ、佐埜君」

「ん？」

大事なものを抱えるようにギュッと抱き締められる。先ほどまで激しさと力強さを迸らせていた肉体は、安らぎを提供してくれた。

「なんだよ」

「あ、ごめん。起きてるかなと思って」

「起きてるよ」

耳元に額をつけてくる佐埜の腕に手をかけ、頭を少し傾ける。佐埜の匂いを嗅いだ。やはり、もう死の匂いはしない。佐埜の本当の匂いだ。ずっと嗅いでいたくて、さらに鼻を近づける。

首筋に鼻先を埋めると、くすぐったいのか佐埜は身をよじった。

「どうしたんだ」

「いい匂い。佐埜君の匂い、好きだ」

「そうか。俺の匂い、変わったんだよな。もう、死の匂いはしないんだよな」

「うん」

「あんたのおかげだ」

ギュッと頭を抱き締められ、また身を委ねる。佐埜の息が首にかかり、くすぐったかった。

そう訴えると、なぜかかぶりつかれて声をあげて笑う。こんなふうにダラダラと二人で過ごすこの時間がいとおしい。

「お腹空(す)かない?」

「少しな」

「何か作ろうか?」

「俺も一緒にやるから、もう少しこうしてたい」

それじゃあ、と目を閉じると、佐埜のお腹が小さく抗議した。おかしくて、二人で笑う。

「やっぱり作ろうか」

「あー、くそ。なんでこんな時に腹が減るんだよ」

「動いたから」

のそのそと布団から這いだすと、佐埜もダラダラの誘惑を振りきるようにガバッと布団を剝がして起き上がった。布団は畳まず、そのままにしているのを見てなぜ片づかないのかわかり、こっそり笑った。

「そういや冷蔵庫なんも入ってない」

「えー、そうなの？」

開けると本当に空だった。飲み物しか入ってない。醬油（しょうゆ）か何かが零れた跡が、どことなくシュールだった。奥のほうに、野菜の欠片（かけら）らしきものが干からびている。屈（かが）んで中を覗いているど、佐埜が後ろから抱きついてきて冷蔵庫の蓋を閉じた。

「見るなって。汚いから」

「ここまで何も入ってないの、逆にすごい」

「食べにいくか」

「うちに移動する？　そういえばペリメニ凍らせてある」

「あ、いいなそれ。行く。ペリメニ喰う」

そう言いながらも解放してくれず、抱きついたまま甘えてくる。赤ん坊をあやすかのように躰を右、左、と交互にゆっくり傾けられ、心地いい揺れに身を委ねながら、月島は心から嚙み締めた。

佐埜を失わずに済んで、本当によかった、と。

実家の庭は再び草花で溢れていた。冬の間は寂しく黙りこくっていたが、今はあちらこちらで新緑が芽吹きの季節を謳歌(おうか)している。

「りく。それ、運んでちょうだい」

「こっち？」

「そう。ありがとう」

庭の手入れができるほどに、母親は回復していた。今は植物を育てることが支えになっているらしい。新しい命が芽吹くたびに幸せを感じていられるようだ。

今日は月島も一緒に庭の手入れをした。今彼女は交通事故で亡くなったのは兄で、弟が生き残ったと認識している。現実をしっかりと受けとめている。そして、朝から元気に月島をこき使っていた。

あっちの雑草を取って。水は根元にね。肥料はこのくらいでいいの。そっちの植物は肥料は控え目に。こっちのはたっぷりよ。

母親に命令されるたびに、りく、りく、と呼ばれて嬉しかった。顔に泥がついた時は、笑いながら拭いてくれた。お疲れ様と言っておやつを食べながら庭を眺めている時は、りくとこうして一緒に過ごせて嬉しいとも言ってくれた。

こんな日が来るなんて、誰が想像しただろうか。

これまでは実家に帰っても早く家路につきたくなることが多かったが、今日は出るのが名残惜しく、充実感でいっぱいだった。

佐埜との約束に二十分ほど遅れたのは、そんな気持ちが行動を遅らせたのだろう。

「ごめん、遅くなって」

待ち合わせの喫茶店に着くと、佐埜はすでに来ている。佐埜のコーヒーはまだ半分ほど残っていた。向かい側に座って同じものを注文する。

「いいよ。どうせ引きとめられたんだろ？」

待つことになると思っていたのか、折り紙を持ってきている。

三角に折って、また三角に折って、開いて、中に折り込む。そんな作業を繰り返してできたのは、月島も知っている折り鶴だった。頭の上に載せられ、それをつまんで眺める。佐埜が折るとこんなにも違うのかと思うほど、美しい仕上がりだった。

折っていると少しずつずれてくるものだが、角と角がぴったりと合わさっていて、裏の白い部分がまったく見えない。この正確さがあるからこそ、複雑なものが折れるのだ。

「で、どうだった？」

「調子はすごくいいみたいだ」

持たされた土産の袋を、佐埜が覗き込んだ。

「これ何？」

「母から。佐埜君にもあげるね。トミさんや加世子さんにも配ろう」

中身はせんべいや芋羊羹（ようかん）などのお菓子だった。美味しいからと月島のぶんも買ってきたらしいのだが、一人暮らしの男が食べられる量じゃない。

「あれもこれも持っていけってうるさいんだ。前はこんなことしなかったのに」

「しっかり者の兄貴じゃないってわかって、世話を焼こうとしてるんだろ」

「何それひどいな。俺だって結構しっかりしてると思うんだけど」

「ま。お袋さんの心に余裕ができたってことだろ」

兄の交通事故を機に正気を失った母親は、空虚と偽りの日々を重ねてきた。もう一度あの日から積み重ねていくつもりなら、それが正気を取り戻した証しならば、つき合っていこうと思う。

「こんなふうに母と接する日が来るなんて、思ってなかった」

「よかったな」

「うん。あ、そうだ。帰りにちょっと交番に寄っていい？」

交番と聞いて怪訝（けげん）そうな顔をされるが、月島の心は軽かった。昨日月島に電話をかけてきたのは、以前、不審者扱いされた時に連れていかれた交番の警察官だ。

「何かやったのか？」

「やってないよ。人聞きの悪い」

「じゃあなんで呼ばれてるんだ？」

「うん、ちょっとね」

喫茶店を出て交番に向かうと、佐埜は思いだしたように「あ」と言いながら、月島の顔を見た。笑みを返し、扉を開けて中に入る。

「こんにちは。お電話いただいた月島です」

「あ、どうも。わざわざ来ていただいてすみません」

出てきたのは、以前もいた正義感溢れる若い警察官だった。彼は礼儀正しく頭をさげたあと机の抽斗を開ける。

「以前は本当に失礼いたしました。昨日、電話でお話しした手紙です」

渡されたのは、青空の模様の封筒だった。

「あのあと落としたパスケースを取りにこられまして、あなたの勧めどおり自殺相談窓口を教えました。あの時は半信半疑というか、心配するふりをしているだけだと疑ってたんですけど。本当に申しわけありません」

「いえ、いいんです。警察官は人を疑うのも大事な仕事だと思いますし」

申しわけありません、ともう一度頭をさげられ、恐縮しながら交番をあとにする。

「それって」

「うん。昨日、手紙を預かってるって電話をくれたんだ。どこかで読んでいい？」

「ああ。確か近くに公園があったよな」

少し歩き、ベンチだけの小さな公園を見つけた。人の姿はなく、ひっそりとしている。静けさに包まれたその場所は、手紙を読むのにうってつけだ。丁寧に封を切って便せんを広げる。

手紙には、あの時、自分は自殺するつもりだったと書かれてあった。学校でのイジメに絶望した彼女は、ビルの屋上から飛び降りようとしていた。そこへ声をかけられて、自殺するつもりだと悟られていたため動揺したのだという。

月島を痴漢呼ばわりしたのは、死のうとしたのが親にばれるのを恐れたからだ。何度も謝罪の言葉が書かれてあり、今は死ななくてよかったと感謝の言葉が連ねられている。そこには前向きに生きようとする力が溢れていた。

嬉しくて、隣で黙って待っていた佐埜に読んでいいよと手紙を渡す。佐埜は無言で目を通したあと、丁寧に畳んで封筒にしまった。

「あんた、すごいな」

「え？」

「だって他人の命を救ったんだぞ。その能力で」

佐埜に言われて、その事実を噛み締めた。

そうだ。人一人の命を救ったのだ。

あの時はただ必死だった。痴漢扱いされつらい思いもした。けれども、わざわざ手紙を書いてくれたのだ。そのまま知らん顔をすることもできたのに、あえて感謝の気持ちをしたためてくれた。

今の若い子は、手紙なんて書き慣れていないだろう。それでもレターセットを買い、自分の字で、自分の気持ちを伝えてくれた。あの時のお節介は無駄ではなかった。してよかった。それがわかっただけで救われる。

「あんた、本当にすごいな」

「そんなことない。でも、人を救うこともできる力だと思うと嬉しい」

「つらい時は俺が共有するよ。いつだって俺がいることを覚えていてくれ」

月島は顔をあげた。この能力ごと月島を受け入れ、ともに歩くという意味合いの言葉を発したのに、気負いはなく、佐埜は穏やかな顔をしている。

「そうだね。この力は厄介だけど、佐埜君がいてくれるからずっと抱えていられる」

手紙をしまっても、二人はしばらくそこに座っていた。佐埜が便せんを折り畳む指先のなめらかな動きを思いだし、ポケットに入れていた佐埜の折り鶴に触れる。

佐埜が何か言おうとしているのがわかり、黙って待った。すると、「あのさ……」と切り出す。

「実はまた展覧会に呼ばれたんだ。いつか個展もやらないかって」

「え、すごい」

「一回断ったんだけど、今はもう一回やってみようかって気になってるんだ。何をもって作家って言うのかわかんねぇけど、いろんなとこで作品を発表したくなった」

佐埜は少し照れ臭そうだった。なかなか月島の目を見ない。まさかこんなサプライズが待っているなんて——。

「いいね。すごくいい。どうして何も言ってくれなかったの？」

「恥ずかしいだろ。俺みたいなのが折り紙作家を目指すなんてさ。だけど、ここんとこ意欲みたいなもんが俺の奥にあるんだ」

それは生きることに対し、幸せになることに対し、欲が出てきたということだ。これまでは罪の意識を抱えるあまり、ちゃんと生きていなかった。生きようとする力がなかった。だが真実を手にし、過去から解放された佐埜が幸せを欲するようになったのだ。これほどの喜びがあるだろうか。

「君はきっといい折り紙作家になるよ」

以前は、自分以外の人のために折られることに寂しさを感じたこともあった。佐埜とを繋ぐ一本の糸のように感じていた。けれども、今は違う。そんな頼りない繋がりではなくなった。この佐埜の変化を心から喜んでいられるようになったことも嬉しい。

「すごいな。折り紙作家か。ねぇ、また俺にも折り紙教えて」

「どうしようかな。あんた料理は上手くても折り紙は下手クソだからな」

「ひどい」

くすくすと笑い、誰もいないのをいいことに指を絡ませて手を繋ぐ。佐埜が少し強く親指を押さえたかと思うと、一、二、三、四、と数えはじめた。指相撲だと気づいて慌てて親指を引き抜くが、またすぐに捕まる。いちにっさんしっごっ、と今度は早口でカウントされ、あっさり終了した。

「俺の勝ち」

「ずるいよ。そもそも指相撲ってやり方違うだろ。俺左手だし」

「乗ったのはそっちだろ」

佐埜の楽しげな横顔を見ているだけで、心が温かいもので満ちた。太陽が随分と傾いてきて、東の空からうっすらと夜の気配が空全体に広がりはじめる。影絵のように建ち並ぶ家々はまだオレンジ色に縁取られていた。夕焼けにそっと忍び寄る夕闇。だが、それはこれまで歩いてきた暗い道とはまったく違う。月の気配を感じた。

世界を覆っていた明るい光が消えても、月が足元を照らす。どんな闇と出会っても、きっと佐埜の存在が自分の歩みを助けてくれるだろう。

その光は慎ましく、そして優しい。だが、控え目かというと違う。その存在が自分に強い影響をもたらすことは知っている。

佐埜という存在に自分の中の潮騒が、穏やかに響いてきた。

「ねぇ、今日の夕飯何にする?」

そんなたわいもない言葉すら、月島を幸せで包む呪文だった。

あとがき

実はパクチーが苦手です。

こんにちは。もしくは、はじめまして。

パクチーが好きだったら、きっと美味しく食べられる料理がたくさんあるんだろうなと思います。作中のスモークサーモン&パクチーのおにぎりも、私は食べられないけどきっと美味しいだろうなと想像しながら書いていました。

私は好き嫌いが多いので、なんでも美味しく食べられる人が羨ましいです。

一番苦手な食べものは生のトマトなんですが、生のトマトなんて料理をより美味しくするものの代表ではないですか。脂っこさを中和し、爽やかな酸味をプラスしてくれる、大変おりこうさんな食材。いろんな料理に使われているのに、トマト抜きでしか食べられないんです。本来の美味しさを味わえないんです。まったく、どうして私は生のトマトが食べられないんでしょうか。匂いすら苦手です。

ＢＬＴバーガーなんてもうね、どこ行っても美味しそうなものがあるのに、Ｔを抜いてＢＬバーガーでしか食べられないんですよ。Ｔを抜いてＢＬ。Ｔを抜いてＢＬ！　ＢＬ作家としては、ＢＬバーガーが正解な気がしなくもないですが（そんなことはない）。

夏場に喉が渇いたら冷蔵庫で冷やしたプチトマトを食べるというのも、憧れです。美容にもいいし、きっと美味しいんだろうなぁ。ああ、一度はやってみたい夏場の冷やしプチトマト。

ちなみに火が完全にとおっていれば好きです。トマトソースは大好物。

生のトマトが食べられる人に言うと、おんなじ味やん！　と突っ込まれることがありますが違います。全然違います。別人というくらい違います。ジキルとハイドくらい違います。

私の友達に玉葱（たまねぎ）が苦手な人がいたのですが、もっと苦労してるだろうなと、生のトマトを見ると時々彼女を思い出します。玉葱なんてもうね、料理を美味しくする基本中の基本みたいな存在じゃないですか。彼女はチャーハンの玉葱を一つ一つよけて食べてました。

それでは、おかしな話になってきたのでそろそろ締めようと思います。

イラストを担当してくださった笠井（かさい）あゆみ先生。今回も素敵なイラストをありがとうございました。ワイルド攻と庶民派イケメン。想像以上でございました。

そして担当様。いつも未熟な私をご指導くださり、感謝しています。より面白いものを目指して頑張りますので、今後ともよろしくお願いします。

最後に読者様。この本を手に取っていただきありがとうございます。この仕事を続けられるのは、皆様のおかげです。私の作品が素敵な読書タイムをご提供できればと願うばかりです。

中原（なかはら）　一也（かずや）

この本を読んでのご意見、ご感想を編集部までお寄せください。

《あて先》〒141-8202　東京都品川区上大崎3-1-1　徳間書店　キャラ編集部気付
「僕たちは昨日まで死んでいた」係

【読者アンケートフォーム】
QRコードより作品の感想・アンケートをお送り頂けます。
Chara公式サイト http://www.chara-info.net/

■初出一覧

僕たちは昨日まで死んでいた……書き下ろし

僕たちは昨日まで死んでいた

【キャラ文庫】

2023年3月31日　初刷

著者　中原一也
発行者　松下俊也
発行所　株式会社徳間書店
〒141-8202　東京都品川区上大崎3-1-1
電話　049-293-5521（販売部）
03-5403-4348（編集部）
振替　00140-0-44392

印刷・製本　株式会社広済堂ネクスト
カバー・口絵
デザイン　おおの蛍（ムシカゴグラフィクス）

ISBN978-4-19-901094-1

中原一也の本

好評発売中

［幾千の夜を超えて君と］

イラスト✦麻々原絵里依

深夜の山道をドライブ中、見知らぬ男が突然飛び出してきた!?　自殺行為に驚愕する矢代（やしろ）だけど、大量に出血した男はなぜか服の下に傷一つない。しかもその男・司波（しば）は、なんと「俺は死ぬ方法を探してる」と告白!!　不老不死の薬を飲んで以来、150 年生き続けているという。死という終着点を失くし、この世に居場所を見出せず永遠に彷徨う…。放っておけない矢代は、共に「死ぬ方法」を探すことに!?

中原一也の本

好評発売中

［街の赤ずきんと迷える狼］

イラスト✦みずかねりょう

赤いマントを纏い、華麗に警察を翻弄する——
今夜こそ「赤ずきん」を捕まえてやる!!

中原一也
イラスト　みずかねりょう
キャラ文庫

氾濫する薬物と組織犯罪から社会秩序を守るため、酒と煙草の違法入手が禁じられた未来——赤いマントを纏い、夜の街を華麗に徘徊する謎の運び屋「赤ずきん」。標的に追うのは警視庁の特殊部隊≪ウルフ≫の捜査官・向井(むかい)だ。人目を引いては警察を翻弄してくる男を、次こそは捕まえる!!　男の身のこなしに只者じゃない風格を感じていたある日、男がなんと元ウルフの創設メンバーだったと判明し…!?

中原一也の本

好評発売中

［俺が好きなら咬んでみろ］

イラスト✦小野浜こわし

俺が好きなら咬んでみろ
中原一也
イラスト◆小野浜こわし
Kazuya Nakahara Presents
旨そうな首筋を見せるなよ、
吸いたくて理性がぶっ飛んじまう。
キャラ文庫

人里離れた山中で、大量の血痕を残して刑事の親友が失踪!?　突然の死を受け入れられずにいたバーテンダーの沖野。ところが一か月後の夜、目の前に死んだはずの菊地が現れた!!「俺は吸血鬼になったんだ」衝撃の告白に半信半疑だったけれど、首筋を舐める視線は、人ならざる気配を孕んでいる。捜査中に犯人に殺されたのに、肝心の記憶が欠落しているという菊地。二人で犯人捜しに乗り出すことに…!?

キャラ文庫既刊

英田サキ
[DEADLOCK] シリーズ全3巻 ill：高階 佑
[SIMPLEX DEADLOCK外伝] ill：高階 佑
[STAY DEADLOCK番外編1]
[AWAY DEADLOCK番外編2]
[AGAIN DEADLOCK番外編3] ill：高階 佑
[OUTLIVE DEADLOCK season 2]
[PROMISING DEADLOCK season 2]
[BUDDY DEADLOCK season 2] ill：高階 佑
[HARD TIME DEADLOCK外伝] ill：高階 佑
[恋ひめやも] ill：小山田あみ
[ダブル・バインド] 全4巻
[アウトフェイス ダブル・バインド外伝] ill：葛西リカコ
[すべてはこの夜に] ill：笠井あゆみ

秋山みち花
[略奪王と雇われの騎士] ill：雪路凹子
[虎の王と百人の妃候補] ill：夏河シオリ

稲月しん
[うさぎ王子の耳に関する懸案事項] ill：小椋ムク

犬飼のの
[暴君竜を飼いならせ] シリーズ1〜9巻
[最愛竜を飼いならせ 暴君竜を飼いならせ10]
[暴君竜の純情 暴君竜を飼いならせ番外編1]
[暴君竜の純愛 暴君竜を飼いならせ番外編2] ill：笠井あゆみ
[仮面の男と囚われの候補生] ill：みずかねりょう

海野 幸
[ｉｆの世界で恋がはじまる] ill：高久尚子
[匿名希望で立候補させて] ill：高城リョウ

[あなたは三つ数えたら恋に落ちます] ill：湖水きよ
[魔王様の清らかなおつき合い] ill：小椋ムク
[リーマン二人で異世界探索] ill：石田惠美
[今度は死んでも死なせません！] ill：十月

尾上与一
[初恋をやりなおすにあたって] ill：木下けい子

[花降る王子の婚礼]
[雪降る王妃と春のめざめ 花降る王子の婚礼2] ill：yoco
[氷雪の王子と神の心臓]
[セカンドクライ] ill：草間さかえ

華藤えれな
[人魚姫の真珠 〜海に誓う婚礼〜] ill：北沢きょう
[白虎王の蜜月婚] ill：高緒 拾
[オメガの初恋は甘い林檎の香り 〜煌めく夜に生まれた子へ〜] ill：夏河シオリ

可南さらさ
[先輩とは呼べないけれど] ill：穂波ゆきね
[旦那様の通い婚] ill：高星麻子

かわい恋
[王と獣騎士の聖約] ill：小椋ムク
[異世界で保護竜カフェはじめました] ill：夏河シオリ

川琴ゆい華
[ぎんぎつねのお嫁入り] ill：三池ろむこ
[親友だけどキスしてみようか] ill：古澤エノ
[へたくそ王子と深海魚] ill：緒花
[ソロ活男子の日常からお伝えします] ill：夏河シオリ

神奈木智
[その指だけが知っている] シリーズ全5巻 ill：小田切ほたる

[ダイヤモンドの条件] シリーズ全3巻 ill：須賀邦彦
[守護者がめざめる逢魔が時] シリーズ1〜5
[守護者がおちる呪縛の愛 守護者がめざめる逢魔が時6] ill：みずかねりょう

北ミチノ
[好奇心は蝶を殺す] ill：円陣闇丸
[星のない世界でも] ill：高久尚子

久我有加
[寮生諸君！] ill：麻々原絵里依
[獲物を狩るは赤い瞳] ill：金ひかる
[満月に降臨する美男] ill：柳ゆと
[新入生諸君！] ill：高城リョウ

櫛野ゆい
[臆病ウサギと居候先の王子様] ill：石田 要
[興国の花、比翼の鳥] ill：夏河シオリ
[しのぶれど色に出でにけり輪廻の恋] ill：北沢きょう

[王弟殿下とナイルの異邦人] ill：榊 空也

楠田雅紀
[恋人は、一人のはずですが。] ill：麻々原絵里依
[あの日、あの場所、あの時間へ！] ill：サマミヤアカザ
[海辺のリゾートで殺人を] ill：夏河シオリ
[Brave －炎と闘う者たち－] ill：小山田あみ
[恋するヒマもない警察学校24時!!] ill：麻々原絵里依

栗城 偲
[玉の輿ご用意しました]
[玉の輿謹んで返上します 玉の輿ご用意しました2]
[玉の輿新調しました 玉の輿ご用意しました3]
[玉の輿に乗ったその後の話 玉の輿ご用意しました番外編] ill：高緒 拾

キャラ文庫既刊

[幼なじみマネジメント] ill:暮田マキネ
[はぐれ銀狼と修道士] ill:夏河シオリ

月東 湊

[親愛なる僕の妖精王へ捧ぐ] ill:みずかねりょう
[旅の道づれは名もなき竜] ill:テクノサマタ
[呪われた黒獅子王の小さな花嫁] ill:円陣闇丸

ごとうしのぶ

[熱情] ill:高久尚子

小中大豆

[妖しい薬屋と見習い狸] ill:高星麻子
[ないものねだりの王子と騎士] ill:北沢きょう
[十六夜月と輪廻の恋] ill:夏河シオリ
[鏡よ鏡、毒リンゴを食べたのは誰?] ill:みずかねりょう
[気難しい王子に捧げる寓話] ill:笠井あゆみ
[行き倒れの黒狼拾いました] ill:麻々原絵里依

沙野風結子

[一滴、もしくはたくさん] ill:湖水きよ
[人喰い鬼は色に狂う] ill:葛西リカコ
[夢を生む男] ill:北沢きょう
[疵物の戀] ill:みずかねりょう
[なれの果ての、その先に] ill:小山田あみ

秀 香穂里

[くちびるに銀の弾丸] シリーズ全2巻 ill:祭河ななを
[他人同士] 全3巻 ill:新藤まゆり
[大人同士] 全3巻 ill:新藤まゆり
[他人同士 ―Encore!―] ill:新藤まゆり

[恋に無縁なんてありえない] ill:金ひかる
[高嶺の花を手折るまで] ill:高城リョウ
[ドンペリとトラディショナル] ill:みずかねりょう
[脱がせるまでのドレスコード] ill:八千代ハル
[オタク王子とアキバで恋を] ill:北沢きょう

愁堂れな

[法医学者と刑事の相性] シリーズ全2巻 ill:高階 佑
[美しき標的] ill:小山田あみ
[ハイブリッド ~愛と正義と極道と~] ill:水名瀬雅良

神香うらら

[恋の吊り橋効果、試しませんか?]
[恋の吊り橋効果、深めませんか?] 恋の吊り橋効果、試しませんか?2
[恋の吊り橋効果、誓いませんか?] 恋の吊り橋効果、試しませんか?3 ill:北沢きょう
[伴侶を迎えに来日しました!] ill:高城リョウ
[葡萄畑で蜜月を] ill:みずかねりょう

菅野 彰

[毎日晴天!] シリーズ1~17
[花屋に三人目の店員がきた夏 毎日晴天!18]
[竜頭町三丁目帯刀家の徒然日記 毎日晴天!番外編]
[竜頭町三丁目帯刀家の暮らしの手帖 毎日晴天!番外編2]
[竜頭町三丁目まだ四年目の夏祭り 毎日晴天!外伝] ill:二宮悦巳
[愛する] ill:高久尚子
[いたいけな彼氏] ill:湖水きよ
[成仏する気はないですか?] ill:田丸マミタ

杉原理生

[星に願いをかけながら] ill:松尾マアタ
[錬金術師と不肖の弟子] ill:yoco
[愛になるまで] ill:小椋ムク

すとう茉莉沙

[触れて感じて、堕ちればいい] ill:みずかねりょう
[営業時間外の冷たい彼] ill:小椋ムク
[本気にさせた責任取ってよ] ill:サマミヤアカザ

砂原糖子

[灰とラブストーリー] ill:穂波ゆきね
[猫屋敷先生と縁側の編集者] ill:笠井あゆみ
[小説家先生の犬と春] ill:笠井あゆみ
[アンダーエール!] ill:小椋ムク
[バーテンダーはマティーニがお嫌い?] ill:ミドリノエバ

高尾理一

[鬼の王と契れ] シリーズ全3巻 ill:石田 要

高遠琉加

[神様も知らない] シリーズ全3巻 ill:高階 佑
[天使と悪魔の一週間] ill:麻々原絵里依
[さよならのない国で] ill:葛西リカコ
[刑事と灰色の鴉]
[白と黒の輪舞 刑事と灰色の鴉2] ill:サマミヤアカザ

月村 奎

[そして恋がはじまる] 全2巻 ill:夢花 李
[アプローチ] ill:夏乃あゆみ
[きみに言えない秘密がある] ill:サマミヤアカザ

キャラ文庫既刊

遠野春日

[砂楼の花嫁] ill:円陣闇丸
[花嫁と誓いの薔薇 砂楼の花嫁2]
[仮装祝祭日の花嫁 砂楼の花嫁3]
[愛と絆と革命の花嫁 砂楼の花嫁4]
[疵と蜜] ill:笠井あゆみ
[恋々 疵と蜜2] ill:笠井あゆみ
[鼎愛―TEIAI―] ill:嵩梨ナオト
[美しい義兄] ill:新藤まゆり
[愛しき年上のオメガ] ill:みずかねりょう
[やんごとなきオメガの婚姻] ill:サマミヤアカザ
[夜間飛行]
[存在証明 夜間飛行2] ill:笠井あゆみ
[百五十年ロマンス] ill:ミドリノエバ
[ひと夏のリプレイス] ill:笠井あゆみ

中原一也

[俺が好きなら咬んでみろ] ill:小野浜こわし
[街の赤ずきんと迷える狼] ill:みずかねりょう
[拝啓、百年先の世界のあなたへ] ill:笠井あゆみ
[幾千の夜を超えて君と] ill:麻々原絵里依
[僕たちは昨日まで死んでいた] ill:笠井あゆみ

凪良ゆう

[恋愛前夜]
[求愛前夜 恋愛前夜2] ill:穂波ゆきね
[天涯行き] ill:高久尚子
[おやすみなさい、また明日] ill:小山田あみ
[美しい彼]
[憎らしい彼 美しい彼2]
[悩ましい彼 美しい彼3] ill:葛西リカコ
[interlude 美しい彼番外編集]
[ここで待ってる] ill:草間さかえ
[初恋の嵐] ill:木下けい子
[セキュリティ・ブランケット 上・下] ill:ミドリノエバ
[きみが好きだった] ill:宝井理人

夏乃穂足

[飼い犬に手を咬まれるな] ill:笠井あゆみ
[真夜中の寮に君臨せし者] ill:円陣闇丸

成瀬かの

[兄さんの友達] ill:三池ろむこ
[隣の狗人の秘密] ill:サマミヤアカザ
[神獣さまの側仕え] ill:金ひかる

西野 花

[溺愛調教] ill:笠井あゆみ
[陰獣たちの贄] ill:北沢きょう
[獣神の夜伽] ill:穂波ゆきね
[淫妃セラムと千人の男] ill:北沢きょう
[催淫姫] ill:古澤エノ
[金獅子王と孕む月] ill:北沢きょう
[月印の御子への供物] ill:笠井あゆみ

鳩村衣杏

[学生服の彼氏] ill:金ひかる
[きれいなお兄さんに誘惑されてます] ill:砂河深紅

樋口美沙緒

[八月七日を探して] ill:高久尚子
[他人じゃないけれど] ill:穂波ゆきね
[狗神の花嫁 シリーズ全2巻] ill:高星麻子
[予言者は眠らない] ill:夏乃あゆみ
[パブリックスクール―檻の中の王―]
[パブリックスクール―群れを出た小鳥―]
[パブリックスクール―八年後の王と小鳥―]
[パブリックスクール―ツバメと殉教者―]
[パブリックスクール―ロンドンの蜜月―]
[パブリックスクール―ツバメと監督生たち―] ill:yoco
[ヴァンパイアは我慢できない dessert] ill:夏乃あゆみ
[王を統べる運命の子①～④] ill:麻々原絵里依

火崎 勇

[ヒトデナシは惑愛する] ill:小椋ムク
[エリート上司はお子さま!?] ill:金ひかる
[メールの向こうの恋] ill:麻々原絵里依
[契約は悪魔の純愛] ill:高城リョウ
[かわいい部下は渡しません] ill:兼守美行
[愛を誓って転生しました] ill:ミドリノエバ

菱沢九月

[小説家は懺悔する] シリーズ全3巻 ill:高久尚子
[年下の彼氏] ill:穂波ゆきね
[好きで子供なわけじゃない] ill:山本小鉄子
[飼い主はなつかない] ill:高星麻子
[同い年の弟] ill:穂波ゆきね

松岡なつき

[WILD WIND] ill:雪舟 薫
[FLESH&BLOOD①～㉔] ill:①～⑪雪舟 薫/⑫～彩
[FLESH&BLOOD外伝 ―女王陛下の海賊たち―]

キャラ文庫既刊

［FLESH&BLOOD外伝2 —祝福されたる花—］ ill：彩
［H・K(ホンコン)ドラグネット］全4巻 ill：乃一ミクロ
［流沙の記憶］ ill：彩

水原とほる
［正体不明の紳士と歌姫］ ill：yoco
［彼は優しい雨］ ill：小山田あみ
［月がきれいと言えなくて］ ill：ひなこ
［見初められたはいいけれど］ ill：ミドリノエバ
［小説の登場人物と恋は成立するか？］ ill：サマミヤアカザ

水無月さらら
［いたいけな弟子と魔導師さま］ ill：yoco
［海賊上がりの身代わり王女］ ill：サマミヤアカザ
［二度目の人生はハードモードから］ ill：木下けい子
［僭越ながらベビーシッターはじめます］ ill：夏河シオリ
［新米錬金術師の致命的な失敗］ ill：北沢きょう

水壬楓子
［桜姫］シリーズ全3巻 ill：長門サイチ
［森羅万象］シリーズ全3巻 ill：新藤まゆり
［王室護衛官を拝命しました］ ill：サマミヤアカザ
［王室護衛官に欠かせない接待］ ill：みずかねりょう
［たとえ業火に灼かれても］ ill：十月

宮緒 葵
［祝福された吸血鬼］ ill：Ciel
［悪食］
［羽化 悪食2］
［曙光 悪食3］ ill：みずかねりょう
［百年待てたら結婚します］ ill：サマミヤアカザ
［騎士と聖者の邪恋］ ill：yoco

夜光 花
［不浄の回廊］
［二人暮らしのユウウツ 不浄の回廊2］
［欠けた記憶と宿命の輪 不浄の回廊3］
［君と過ごす春夏秋冬 不浄の回廊番外編集］ ill：小山田あみ
［ミステリー作家串田寥生の考察］
［ミステリー作家串田寥生の見解］ ill：高階 佑
［バグ］全3巻 ill：湖水きよ
［式神の名は、鬼］全3巻 ill：笠井あゆみ
［式神見習いの小鬼］ ill：笠井あゆみ
［無能な皇子と呼ばれてますが中身は敵国の宰相です］ ill：サマミヤアカザ

吉原理恵子
［二重螺旋］シリーズ1〜14巻
［蝶ノ羽音 二重螺旋15］ ill：円陣闇丸
［灼視線 二重螺旋外伝］ ill：円陣闇丸
［万華鏡 二重螺旋番外編］ ill：円陣闇丸
［間の楔］全6巻 ill：長門サイチ
［影の館］ ill：笠井あゆみ
［暗闇の封印—邂逅の章—］
［暗闇の封印—黎明の章—］ ill：笠井あゆみ
［銀の鎮魂歌(レクイエム)］ ill：yoco

六青みつみ
［輪廻の花〜300年の片恋〜］ ill：みずかねりょう
［鳴けない小鳥と贖いの王〜彷徨編〜］
［鳴けない小鳥と贖いの王〜再逢編〜］
［鳴けない小鳥と贖いの王〜昇華編〜］ ill：稲荷家房之介

渡海奈穂
［狼は闇夜に潜む］ ill：マミタ
［御曹司は獣の王子に溺れる］ ill：夏河シオリ
［憑き物ごと愛してよ］ ill：ミドリノエバ
［山神さまのお世話係］ ill：小椋ムク

〈四六判ソフトカバー〉

ごとうしのぶ
［ぼくたちは、本に巣喰う悪魔と恋をする］
［喋らぬ本と、喋りすぎる絵画の麗人］
［ぼくたちは、優しい魔物に抱かれて眠る］
［ぼくたちの愛する悪魔と不滅の庭］ ill：笠井あゆみ

松岡なつき
［王と夜啼鳥(ナイチンゲール) FLESH&BLOOD外伝］ ill：彩

アンソロジー
［キャラ文庫アンソロジーⅠ 琥珀］
［キャラ文庫アンソロジーⅡ 翡翠］
［キャラ文庫アンソロジーⅢ 瑠璃］
［キャラ文庫アンソロジーⅣ 瑪瑙］ ill：円陣闇丸

〈2023年3月28日現在〉

投稿小説 大募集

『楽しい』『感動的な』『心に残る』『新しい』小説――
みなさんが本当に読みたいと思っているのは、
どんな物語ですか？
みずみずしい感覚の小説をお待ちしています！

応募のきまり

応募資格

商業誌に未発表のオリジナル作品であれば、制限はありません。他社でデビューしている方でもOKです。

枚数／書式

20字×20行で50～300枚程度。手書きは不可です。原稿は全て縦書きにしてください。また、800字前後の粗筋紹介をつけてください。

注意

❶原稿はクリップなどで右上を綴じ、各ページに通し番号を入れてください。また、次の事柄を1枚目に明記して下さい。
（作品タイトル、総枚数、投稿日、ペンネーム、本名、住所、電話番号、職業・学校名、年齢、投稿・受賞歴）

❷原稿は返却しませんので、必要な方はコピーをとってください。

❸締め切りは特別に定めません。採用の方にのみ、原稿到着から3ヶ月以内に編集部から連絡させていただきます。また、有望な方には編集部からの講評をお送りします。（返信用切手は不要です）

❹選考についての電話でのお問い合わせは受け付けできませんので、ご遠慮ください。

❺ご記入いただいた個人情報は、当企画の目的以外での利用はいたしません。

あて先

〒141-8202　東京都品川区上大崎3-1-1
徳間書店　Chara編集部　投稿小説係

投稿イラスト 大募集

キャラ文庫を読んでイメージが浮かんだシーンを、
イラストにしてお送り下さい。
キャラ文庫、『Chara』『Chara Selection』『小説Chara』などで
活躍してみませんか？

応募のきまり

応募資格

応募資格はいっさい問いません。マンガ家＆イラストレーターとしてデビューしている方でもOKです。

枚数／内容

❶イラストの対象となる小説は『キャラ文庫』及び『Chara、Chara Selection、小説Charaにこれまで掲載された小説』に限ります。

❷カラーイラスト1点、モノクロイラスト3点の合計4点をお送りください。カラーは作品全体のイメージを、モノクロは背景やキャラクターの動きのわかるシーンを選ぶこと（裏にそのシーンのページ数を明記）。

❸用紙サイズはA4以内。使用画材は自由。データ原稿の際は、プリントアウトしたものをお送りください。

注意

❶カラーイラストの裏に、次の内容を明記してください。
（小説タイトル、投稿日、ペンネーム、本名、住所、電話番号、職業・学校名、年齢、投稿・受賞歴、返却の要・不要）

❷原稿返却希望の方は、切手を貼った返却用封筒を同封してください。封筒のない原稿は編集部で処分します。返却は応募から1ヶ月前後。

❸締め切りは特別に定めません。採用の方にのみ、編集部から連絡させていただきます。また、有望な方には編集部から講評をお送りします。選考結果の電話でのお問い合わせはご遠慮ください。

❹ご記入いただいた個人情報は、当企画の目的以外での利用はいたしません。

あて先

〒141-8202　東京都品川区上大崎3-1-1
徳間書店　Chara編集部　投稿イラスト係

キャラ文庫最新刊

僕たちは昨日まで死んでいた

中原一也
イラスト✦笠井あゆみ

生きることを諦めた人間の、死の匂いを嗅ぎ取れる月島(つきしま)。ある日、若々しい力が漲る職人の佐埜(さの)から、意外にも死の匂いが漂ってきて!?

王を統べる運命の子④

樋口美沙緒
イラスト✦麻々原絵里依

魔女に騙され、ルストを刺してしまった!! 魔女と王宮の過去が明らかになるにつれ、地下神殿に監禁されたリオの命の刻限も迫り…!?